Mandrin

par Clémence Robert.

Paris, Arnault de Vresse libr. éd. 1846

4 vol. 8°

A conserver

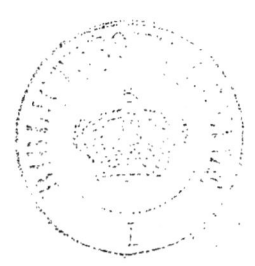

L'ASSAUT.

1834

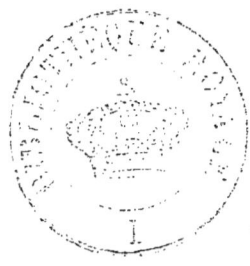

I.

Dans une mémorable soirée du mois
d'avril 1745, la jolie ville de Saint-
Romain, assise entre les bords de l'Isère
et de fertiles campagnes, florissante
par son commerce et ses fortunes no-

biliaires, payait bien cruellement ses
rares prospérités : elle venait d'être
attaquée par la bande de Mandrin.

Au milieu des antiques remparts
dont la ville était encore à demi entou-
rée, une porte incendiée avait donné
passage aux brigands. Les soldats de la
maréchaussée, les bourgeois armés à la
hâte, défendaient pied à pied l'entrée de
la rue, tandis que, du haut de la voûte
démolie, des pierres noircies et brû-
lantes, des charpentes enflammées, roulaient à grand bruit sur les combattants.

Du côté où les flots rapides de l'Isère
défendent seuls la ville, les assaillants
avaient trouvé un plus facile accès, et
leur bande inondait déjà le quartier
découvert; mais, là aussi, les défen-

seurs avaient porté la plus grande partie de leurs forces. Les soldats de troupe
réglée, exaspérés d'avoir à combattre
contre des voleurs armés, répondaient
par une charge violente aux attaques
imprévues, bizarres, tortueuses des brigands. Les habitants des plus fortes maisons, embusqués dans leurs murailles,
faisaient, de chacune des façades, un
rempart d'où pleuvaient sans relâche
des pierres et des brandons, dont la
flamme allait éclairer, au milieu de
l'ombre qui commençait à tomber, les
corps gisant sur le pavé.

Cette vigoureuse résistance allait triompher, et déjà les contrebandiers se
repliaient sur eux-mêmes en jetant ce
cri sauvage qui leur était propre, et

qui avait quelque chose du rugissement des animaux féroces, lorsque soudain les assaillants, les défenseurs, les
pierres, les mousquets, le tumulte, le
bruit, tout cessa, tout s'arrêta pour faire
place à cette acclamation qui partit de
toute part :

— C'est lui!... lui!... le voilà!...

Sur le haut d'un bastion qui dominait la ville venait de paraître Mandrin.

Le sentiment du danger s'efface devant l'ardente curiosité de voir ce chef
de brigands, qui a désolé dix provinces, qui a porté la terreur de son nom
du midi au nord de la France, et que
nul dans la contrée n'a jamais aperçu.

Les contrebandiers ont suspendu le
feu, attentifs au commandement qui va

se manifester par un signe de leur maître. De tous les points de la ville les habitants se mettent aux balcons, se penchent aux fenêtres, montent sur les terrasses, sur les toits, et tournent des regards avides du côté du bastion.

Mais leur attente est presque entièrement trompée.

La nuit approche, et la lueur du crépuscule rougit le ciel sans arriver à la terre. On ne voit sur la pointe du rempart que la silhouette d'un cavalier et de son cheval. Un chapeau à long panache et les contours d'un ample manteau se découpent seuls autour de cette forme noire, qui se détache sur la chaude nuance de l'atmosphère, et semble bordée d'un liseré de flamme

par la réverbération du soleil couchant.
Sur cette surface plane et sombre cependant on voit reluire les armes du
brigand, qui, par l'éclat surnaturel dont
on les croit revêtues, ou par l'excel-
lente trempe de leur acier, ont le pouvoir de briller dans l'ombre.

Auprès du cavalier se distingue aussi
la forme d'un soldat de taille colossale,
également voilée par l'obscurité.

Mais les habitants sont tout-à-coup
arrachés à leur comtemplation vaine
par le cri : « Au feu! » qui part des
quatre coins de la ville.

Les contrebandiers ont reçu, par un
geste de leur chef, l'ordre d'incendier
un certain nombre de maisons, et ils
viennent de l'exécuter.

Pour Mandrin, il a déjà disparu du rempart.

Courant en tumulte aux points où le danger est le plus pressant, soldats et bourgeois roulent à flots pressés dans les rues ; ils se heurtent aux brigands, échangent de rapides coups de sabre avec eux, et continuent leur course vers les maisons où le feu se déclare. Mais par ce mouvement, ils laissent à découvert l'intérieur de la ville, les églises, où les bandits se précipitent pour les dévaster, et les abords de la Maison-de-Ville, entrepôt de la ferme générale, et premier but de l'attaque des contre-bandiers.

Dans le tableau saisissant, tumultu-eux qu'offre cette ville attaquée, pillée,

sanglante, semée de flammes, un épi-
sode, qui se passe dans une des parties
retirées de l'enceinte, doit être rappor-
té ici, parce que c'est là que commen-
cent les événements qui vont se succé-
der avec vitesse dans l'existence d'une
femme dont nous aurons à suivre l'é-
trange destinée.

Parmi les habitations atteintes par
les flammes se trouvait une jolie maison
blanche et sculptée, située sur la limite
de la ville, au bord de l'Isère. Le jardin renfermait une serre chaude, une
volière, des statues, des bassins, et tous
les objets d'agréments que rassemblent
dans leur demeure les habitants de
mœurs douces et paisibles.

Une jeune fille de dix-sept ans s'y

trouvait en ce moment seule maîtresse
de maison : c'était mademoiselle Isaure
de Chavailles, fille du maire de Saint-
Romain, que son père avait confiée à
cette habitation retirée, tandis qu'il s'é-
tait porté à l'hôtel municipal, où le
danger de la ville l'appelait.

Epouvantée des gerbes de feu qui
s'élançaient de la toiture et retombaient
de toute part autour d'elle, la jeune
fille errait en tout sens dans le jardin,
jetant des cris d'effroi, levant les mains
au ciel ; et dans tous ses mouvements
elle était suivie d'un grand et lourd domestique qui répétait ses gestes, ses
cris, et l'aidait à se désespérer.

— Mes orangers !... mes beaux orangers ! disait Isaure en s'agitant devant

la serre chaude dont un jet de flamme
venait de faire craquer et tomber à
grand bruit les vitraux. Et mes daturas
qui étaient prêts de fleurir, et qui vont
brûler !... Eustache, sauve mes daturas !... Non, mes camélias !... Non, mes
orangers !...

—Mademoiselle, que faut-il prendre?

—Tout !... Sauve tout à la fois...

Eustache prenait des pots de fleurs
à ses mains, sur ses bras, sur ses épau-
les, et courait ainsi par tout le jardin,
semblable à une de ces petites îles flo-
tantes des fleuves d'Amérique : mais
voyant tomber des étincelles partout où
il voulait poser les fleurs, il revenait
haletant auprès de sa maîtresse.

— Ah! les brigands ! criait-il ; ah!

les misérables contrebandiers!... Si mon
devoir ne me retenait ici, je prendrais
ma carabine et je les étendrais tous sur
la poussière... tous, jusqu'au dernier!

La jeune fille, qui avait dix-sept ans à
peine, et tenait encore par quelques
points à l'enfance, venait de courir auprès de sa volière et regardait en pleu-
rant la flamme ruiner le fragile édifice.
Comme tous les enfants nourris dans
le sein de l'aisance, elle ne connaissait
de choses utiles et précieuses que celles
qui l'amusaient, et ne songeait nulle-
ment, dans ce désastre, aux objets de
prix que renfermait la maison.

Une vieille gouvernante, restée seule
dans le corps de logis, que le feu en-

vahissait de toute part, descendit le perron en jetant les hauts cris.

— Ah! sainte Vierge, miséricorde!
disait-elle; mademoiselle, au nom du
ciel, venez vite sauver les papiers, l'argent de monsieur le comte!... et toute
notre vaisselle plate!... et nos vases d'or-
févrerie qui sont depuis deux cents ans
dans la famille!... Ah! sainte Vierge!
miséricorde!

Puis, voyant Eustache qui tenait toujours les pots de fleurs et ressemblait
parfaitement à un étalage de fleuriste:

— Que fais-tu de tous ces bouquets,
nigaud, ne vas-tu pas souhaiter la fête
à quelqu'un? Jolie fête, vraiment! quand
Belzébuth lui-même, quand Mandrin
vient d'entrer dans la ville.

— Mon Dieu ! mon Dieu ! mes oiseaux ! disait toujours la jeune fille, en
voyant les nids renversés par la chute
de la volière.

— Eh bien ! vos oiseaux, ils sont bien
heureux, le bon Dieu leur a donné des
ailes pour fuir ce lieu de désolation !...
et nous allons faire comme eux.

— Vous voulez vous envoler, madame Blondeau ? demanda Eustache.

— Certainement ; les chevaux sont
à la voiture, et nous allons nous sauver
à Saint-Marcelin, chez la tante de mademoiselle ; mais il faut emporter tout
ce qu'il y a de plus précieux au logis.

Cependant Eustache avait lâché les
fleurs, et, toujours pour plaire à sa

jeune maîtresse, tâchait de courir après les oiseaux.

— Veux-tu bien laisser cela, niais, butor, reprenait madame Blondeau, et courir à la maison enlever tout ce que tu trouveras!... Et vous, mademoiselle, pouvez-vous bien vous amuser à de semblables bagatelles quand la fortune de votre père, les titres de votre famille sont menacés!... Jésus, mon Dieu, moi, qui vous ai nourrie de mon lait, et élevée depuis que vous n'avez plus de mère; moi qui vous ai vue prendre dix-sept belles années, et devenir à chacune plus jolie et plus charmante, en vérité, je vous croyais plus raisonnable que cela.

Et la bonne gouvernante, qui reprochait à la jeune fille de perdre un temps si précieux en enfantillages, le perdait elle-même à des sermons, qui sont les enfantillages de la vieillesse.

Isaure ne l'écoutait pas... Mais tout-à-coup, en regardant la façade de la maison, elle poussa un grand cri.

— Dieu ! dit-elle, la chambre de ma mère !

La pièce qu'elle indiquait venait de s'illuminer à l'intérieur, et des jets de flamme sortaient par les croisées.

—La chambre où ma mère est morte ! où nous avons réuni tout ce qui lui appartenait, où est encore suspendu son portrait ! répétait la malheureuse enfant, en tenant ses yeux fixes et hagards attachés sur cet endroit.

I. 4

Tout-à-coup elle s'élance d'un bond aussi léger que rapide, franchit le perron, monte l'escalier, malgré la flamme qui l'envahit, et le fait craquer sous ses pas, arrive à la chambre consacrée et détache le portrait... Puis un instant, étourdie par la fumée, perdue dans le labyrinthe de l'incendie, elle est près de succomber à sa terreur... mais serrant le portrait sur son cœur :

— Oh! je veux le sauver, dit-elle.

Alors elle rassemble toutes ses forces, se recommande à Dieu, puis traverse la maison en serpentant entre les lames de feu, et gagne la cour extérieure.

Un instant après, la jeune demoiselle était avec sa nourrice et son domestique dans une calèche qui fuyait de la ville : elle tenait toujours sur ses genoux le cher objet qu'elle avait arraché des flammes.

Madame Blondeau s'était agitée sans rien faire devant le bâtiment d'où la terreur l'éloignait : mais voyant un grand coffre qu'Eustache avait placé dans la voiture, elle pensa que le domestique était parvenu à sauver l'argent et l'argenterie de la maison, et lui demanda ce que la caisse contenait.

—Ah ! dit Eustache, c'est tout notre bon vin d'Espagne qui est là-dedans !

—Vilain ivrogne, as-tu bien pu songer à cela ? s'écria la vieille dame, plus désolée que jamais.

— Dam ! c'est pour mademoiselle, dit-il ; si la frayeur allait la faire défaillir en ronte, il ne serait pas mal d'avoir une bouteille de bon vin pour la remettre.

Bientòt la voiture perdit de vue la ville de Saint-Romain, dans laquelle nous allons maintenant entrer.

Les soldats de Mandrin étaient maîtres du champ de bataille. Depuis la porte principale, qui avait été enfoncée et brûlée jusqu'à la Maison-de-Ville où étaient les fonds de la ferme générale, ils occupaient tous les postes, montaient la garde, et deux rangs des leurs formaient une double haie le long de la grande rue qui aboutissait à l'hôtel municipal.

Ce fut par ce chemin, bardé de fer et illuminé de torches, que le lieutenant de Mandrin et les principaux chefs de la bande se dirigèrent vers l'entrepôt général.

Si les regards troublés par la terreur prêtaient à tous ces hommes un effrayant aspect, ce n'était pas entièrement l'effet de l'imagination. Les soldats de Mandrin, recrutés parmi les hommes déshérités de la société et révoltés contre elle, portaient tous sur leurs traits l'expression de la force sauvage, des passions impérieuses qui conduisent aux partis extrêmes, et qui, par les profonds sillons qu'elles creusent sur le visage, y impriment le cachet de la puissance barbare.

C'étaient donc en effet des yeux armés d'un feu satanique, de formidables

sourcils, des bouches brûlées par l'im-
précation et le blasphème, des membres
taillés en massues pour briser tout
obstacle, des corps d'une vigueur menaçante, habillés de cuir, de fer, qu'on
voyait passer à la lueur rouge des torches.

Dans la salle du conseil de l'Hôtel-de-
Ville étaient réunis le fermier général,
Jean de Marillac, plusieurs traitants, le
comte de Chavailles, maire de Saint-
Romain, et ses adjoints. Ces autorités,
sans aucun espoir d'arrêter les dépré-
dations qui allaient être commises, té-
moignaient au moins, par leur présence,
de leur courage et de leur résolution
de ne céder le dépôt général qu'à la
plus impérieuse nécessité. Une partie

des fonds avait été cachée dans les caves du bâtiment, dans l'espérance de soustraire quelques sommes au pillage.

Les chefs des contrebandiers se présentèrent devant eux accompagnés d'hommes armés jusqu'aux dents, ils déposèrent dans la salle des ballots de tabac et de marchandises étrangères, qu'ils vendaient ordinairement dans les provinces par fraude ou par violence, et que, dans un raffinement d'audace, ils prétendaient faire acheter à la ferme générale elle-même.

Ils exigèrent, pour prix de cette livraison, l'argent qui se trouvait alors dans les caisses centrales, les ouvrirent de vive force, et en vidèrent les espèces dans leurs sacs de cuir.

Le lieutenant de Mandrin dit aux autorités réunies que, pour les mettre à l'abri de tout reproche, il allait leur donner un reçu des sommes qui venaient de passer entre ses mains ; l'écrivit en effet, et le signa effrontément :

Fauster, lieutenant, pour le capitaine Mandrin.

Puis il demanda qu'il lui fût donné également un reçu des marchandises qu'il avait livrées.

Pendant que ces étranges formalités se remplissaient dans la salle du conseil, les autres parties du bâtiment étaient envahies par les bandits qui exerçaient de toutes parts le pillage le plus actif.

Le jeune David de Marillac, fils du
fermier général, était descendu au rez-
de-chaussée, chargé par son père de
surveiller le transport des coffres d'argent qu'on avait déposés dans le fond
des caves, et d'observer si en effet ces
sommes demeuraient soustraites à la
rapacité des brigands.

Mais le jeune homme, d'une nature
impressionnable et exaltée, était trop
profondément irrité de l'affront qu'une
troupe de misérables faissait subir à
son pays, pour mettre de l'importance
à la soustraction de quelques sacs de
numéraire, et participer à ce soin pué-
ril, qui lui semblait une humiliation
de plus pour ses compatriotes.

Il se promenait à pas lents dans une

cour intérieure, plantée de hauts tilleuls, et sur laquelle ouvraient les sou-
piraux des caves où reposaient en ce
moment une partie des fonds de la
ferme, mais ne songeant pas le moins
du monde à veiller à leur sûreté.

Dans l'esprit de ce jeune homme,
inexpérimenté, rêveur, pieux jusqu'au
fanatisme, Mandrin n'était pas un voleur de grand chemin, plus hardi et
plus heureux que les autres, mais un
fléau déchaîné par l'esprit du mal sur
des provinces entières. D'après ces idées
religieuses, celui qui portait les armes
dans les églises et le pillage jusqu'à
l'autel devait avoir reçu une mission
infernale de ruine et de désolation, et
il sentait pour cet être maudit la haine

profonde, ardente, que, selon les chrétiens, le Dieu de colère éprouve lui-
même pour ses ennemis.

Tandis que David soumettait les événements de ce jour au point de vue de
son imagination ascétique, les contrebandiers, qui étaient déjà sur la piste
des sacs d'argent, parcouraient les ca-
veaux en tous sens pour terminer mé-
thodiquement leur pillage, et par la
même occasion déménageaient avec les
coffres-forts les tonneaux de vin de l'é-
difice public.

Le fils du fermier-général se tenait
appuyé contre le tronc d'un arbre, les
bras croisés et le cœur gonflé d'indi-
gnation. Autour de lui régnait l'obscurité la plus profonde; la nuit était re-

doublée par l'ombre épaisse des tilleuls ;
il y passait seulement de loin en loin
des lueurs rouges que jetaient les lan-
ternes des bandits, en circulant dans
les espaces souterrains.

Un léger bruit se fit entendre près
du jeune homme : c'était le frolement
d'un manteau qui passe entre les troncs
d'arbres. David tourna vivement la
tête, et ne put rien distinguer qu'une
ombre mobile. Il crut un instant s'être
trompé ; mais des pas presque insai-
sissables qui allaient et venaient sur les
dalles, lui révélèrent la présence d'un
homme dérobé dans la nuit. Un mouvement de répulsion qui s'éleva dans
son sein bien plus encore que le té-
moignage de ses sens, lui fit deviner

que celui qui l'approchait était un des
gens de Mandrin, rôdant autour du
bâtiment afin que rien n'échappât à
l'avidité de la troupe.

Heureusement David portait une
épée, et pouvait soulager un peu le
trop plein de sa colère en tuant un de
ces brigands subalternes, par simple
simulacre de vengeance contre leur
chef.

— Malheur à toi, dit-il, qui es venu
t'égarer ici; tu vas payer pour tes
compagnons!

A ces mots, il fond sur le sombre
fantôme, et lui assène deux violents
coups d'épée, au choc desquels son
arme se brise dans sa main; puis il
force son regard pour percer l'obscu-

rité et découvrir si le bandit chancelle et va rouler sur la terre...

Mais à l'instant c'est lui qui tombe à genoux, abattu et fixé sur la dalle par une main puissante. Son épée, à lui, s'est brisée contre une forte cuirasse, et maintenant un éclair bleu jeté par l'acier vacille autour de lui, et lui révèle une lame levée sur sa poitrine... Il pense à Dieu et attend la mort.

Une voix calme lui dit avec un accent mêlé de pitié et d'une légère ironie :

— Tu es jeune et brave, mais tu n'as pas des armes aussi fortes que ton courage; prends cette lame à la place de ton épée rompue : elle est de bonne trempe et te servira fidèlement, tant que dureront les forces de ton bras.

En même temps, le poignard avec
lequel David croyait recevoir la mort
demeure dans sa main, et le jeune
homme entend un faible bruit de pas
qui va en s'éteignant sur la dalle, et
lui fait juger que son vainqueur s'é-
loigne lentement.

Il reste à genoux, plié, brisé d'humiliation ; il est sur le bord de l'une
des fenêtres des cavaux ; une lumière
assez vive en jaillit ; il se penche, et à
cette clarté il lit un nom gravé sur
l'arme qu'il vient de recevoir.

C'est celui de MANDRIN.

Il jette un cri sourd et tombe à demi
privé de connaissance sur la pierre.

Peu d'heures après, les contrebandiers s'éloignaient, portant en tête

leur drapeau, dont les flammes rouges
jetées sur un fond noir se détachaient
à la lueur des fallots de l'escorte ; ayant
les selles de leurs chevaux chargées
des richesses conquises, des vases, des
flambeaux enlevés aux églises, des
monceaux d'argent pris à la ferme, des
objets d'or et d'argent pillés dans les
demeures particulières.

Ils comptaient dans leurs fastes bar-
barbares un heureux exploit de plus,
et bientôt disparurent dans la nuit, qui
qui semblait leur élément.

L'INTÉRIEUR DE LA VILLE.

II.

Quelques jours seulement s'étaient
écoulés ; les charriots des contrebandiers
roulaient encore au loin, emmenant
le butin amassé dans leur expédi-
tion, vers la côte Saint-André, où ils

avaient établi leur camp, et la ville de
Saint-Romain avait déjà repris son aspect de calme et de sérénité ordinaire.

Dans les belles prairies semées de
bouquets d'oliviers qui entouraient la
ville, les troupeaux promenaient leur
molle oisiveté; sur la route on voyait
passer ces grands bœufs, au front large
liés deux à deux, et traînant les énor-
mes sapins que produit la contrée et
que l'Isère allait transporter vers le
Midi; dans de riches fabriques, dont
les toits rouges perçaient les touffes de
mûriers, les vers à soie accomplissaient
silencieusement leur précieux travail.

A l'intérieur de la ville, les familles
étaient assises en groupes à la porte de
leur maison, causant et travaillant.

Les femmes filaient du lin, cousaient ces gants auxquels Grenoble donne son nom, et qui sont le commerce du pays. Outre le calme qui régnait parmi les habitants, il y avait encore en eux cette satisfaction intérieure qui succède aux mouvements violents de l'existence, quand ils n'ont pas laissé de suites funestes.

En définitive, les contrebandiers n'avaient guère fait de mal qu'aux traitants, race que le peuple détestait cordialement. Ils avaient encore brûlé trois ou quatre maisons, mais c'étaient celles des plus riches de la ville ; tout cela ne regardait point les bonnes gens qui tenaient leur assemblée dans la rue ; et puis, ils étaient si heureux d'avoir eu peur, maintenant que la peur était passée, et leur conversation était si bien fournie d'anecdotes curieuses!

Comme il faisait nuit pendant l'attaque des brigands, et que personne n'avait pu distinguer le terrible Mandrin à son apparition sur le rempart, tout le monde voulait l'avoir vu, afin de donner sur son compte les informations qu'il lui plaisait.

— C'est un monstre de laideur, disait quelqu'un.

— Il est aussi noir qu'il est diable! ajoutait un vétéran.

— Vous n'y voyez pas clair, mon vieux, répondait une sexagénaire : il n'est pas laid du tout; c'est un homme haut de six coudées comme le Philistin

Goliath, et il porte un habit tout d'airain comme lui.

— Oui, mais il a des yeux de basilic et une barbe qui semble faite de serpents, dit une autre commère.

— Vous l'avez donc vu aussi, vous?

— Je crois bien, je l'ai regardé tout le temps. Je regrettais toujours de n'avoir pas vu le diable, comme la voisine Nicolle; mais à présent que j'ai vu Mandrin, je ne regrette plus rien.

— Moi, je n'ai vu que ses yeux, dit une jeune fille mais on dirait qu'ils vont dévorer le monde...

— C'est qu'ils vous regardait, ma jolie Madelinette, reprit le vétéran.

Un bon père capucin, assis parmi les causeurs, était le seul qui ne dît pas son mot sur la figure de Mandrin; mais il riait dans sa barbe à chaque nouveau renseignement qu'on donnait sur ce sujet.

—Avez-vous vu, dit-on encore, comme le feu des batteries a redoublé, dès que le chef des brigands a paru sur le bastion.

— Et comme les maisons se sont mises à brûler !

— Ah ! dit le vétéran, c'est que le capitaine Mandrin commande à des gaillards qui lui obéissent au doigt et à l'œil. C'est ainsi que, lorsque nous marchions sous le grand maréchal de Saxe, à la bataille de...

— Vous n'y êtes pas, vieux, reprit la contrariante grand'mère, c'est que le capitaine Mandrin (le diable veuille avoir son âme) met le feu aux maisons rien qu'en les regardant, et aux mousquets rien qu'en les touchant du bout du doigt.

— Dieu merci, ces enragés de contrebandiers n'ont pas encore fait tant de mal dans notre province que par toute la Franche-Comté; où ils ont répandu tant de fausses monnaies, qu'il vaut autant avoir dans son escarcelle des feuilles sèches que des écus.

— Et en Bourgogne donc! où ils entraient dans les églises en plein dimanche, enlevaient les ornemenrs d'autels, les reliques, le prêtre et la messe tout à la fois!

— Et à Beaune, où ils ont tué autant

de brigadiers qu'ils avaient besoin de
chapeaux à galons d'or pour se parer!

— Et dans la ville d'Autun! Jésus!
mon Dieu! quel scandale! comme ils
approchaient des portes, ils rencontrè-
rent de jeunes séminaristes qui allaient
recevoir les ordres à Châlons; ils les
arrêtèrent et les retinrent en ôtage,
disant que si on ne leur livrait la ville
à merci, ils allaient emmener ces pauvres agneaux sans tache pour leur donner les ordres dans leur camp, et en
faire des brigands comme eux...

Là-dessus, des traits d'une audace
inouïe et d'une cruauté bizarre furent
encore contés et attribués au chef des
contrebandiers. Le père capucin gardait toujours le silence; mais à chaque

récit de ce genre, il secouait la tête d'un air qui voulait dire :

— Ce n'est rien, j'en sais bien d'autres, moi !

Enfin il donna son bras pour appui au vétéran, qui était un de ses vieux amis, et s'éloigna avec lui dans la rue.

Dès qu'ils furent loin de l'oreille des habitants :

— Hein ! dit le moine, ce scélérat de Mandrin m'a bien fait pis à moi qui vous parle.

— Quoi donc !

— Il m'a sauvé la vie.

— A vous, père Gaspard ? s'écria le soldat en bondissant de surprise. Mais, au fait, ajouta-t-il par réflexion, il n'y a pas grand mal à cela.

— Pas grand mal !.. ne parlez pas de cela, mon vieux camarade, vous ne savez pas... Enfin voici comment la chose s'est passée.

Un jour, la bande des contrebandiers en voyage voulut faire halte dans notre couvent, situé sur la côte de Belladone. Tous nos frères les ayant vu venir de loin se sauvèrent dans les champs ; moi, je n'eus pas le temps de les suivre, et, à l'arrivée des brigands, je me blottis dans un angle noir de la sacristie. Ils se réunirent bientôt dans cet endroit et se mirent à discuter leurs plans de campagne ne faisant nulle attention à moi, qu'ils prenaient pour une robe de moine jetée dans un coin. Mais par mal-heur mes prunelles brillèrent dans

l'ombre : alors remarquant que la robe
du moine avait des yeux et devait avoir
des oreilles, ils voulurent me tuer afin
que je n'allasse pas raconter ce qui s'é-
tait dit devant moi.

— Pas de ça, mes braves, dit le
seigneur Mandrin lui-même, il y a un
meuilleur moyen de fermer la bouche
à ce pauvre moine : il nous a entendu
parler de nos expéditions passées et fu-
tures, nous allons le forcer à nous donner l'absolution ; dès lors il aura écouté
nos secrets sous le sceau de la confession, et, de par son capuchon, il sera
bien forcé de les taire.

Les brigands s'amusèrent beaucoup
de cette idée ; ils me forcèrent en effet
à les remettre de tous leurs péchés, et

là-dessus le capitaine me renvoya la vie sauve.

— Eh bien ! mon bon père Gaspard, grâce à cet expédient du chef des voleurs, au lieu de ressembler maintenant à ce vilain crâne d'ivoire qui pend à votre chapelet, vous portez encore la mine la plus fleurie de tous les frères de Saint-François. Voilà tout ce qu'il en est.

— Paix ! paix ; vous ne savez pas ce que c'est que de porter cette sainte robe du cloître et de devoir la vie à un diable de cette espèce... Il faut que cet enragé de Mandrin...

— Soit pendu le plus tôt possible.

— Non pas, il faut qu'il soit converti.

— Ah! ah! convertir Mandrin, le diable en personne! dit le vétéran dont les éclats de rire faisaient branler la tête ; voilà une fameuse idée!... Et qui le convertira, s'il vous plaît !

— Dieu le sait, répondit le père Gaspard en caressant sa barbe.

Puis, en ce moment, le moine voyant passer un père de l'ordre des Dominicains, quitta promptement son vieux compagnon pour aller rejoindre le religieux.

— Que le ciel soit avec vous, mon révérend père ! dit le capucin en abordant celui qui avait sur lui la priorité dans l'église ; vous souvenez-vous de la

promesse que m'avez avez faite, il y
a quelques jours, de me conduire chez
le fermier-général à qui je désirerais
présenter un de ces chapelets bénis à
Jérusalem, qu'un voyageur arrivant de
Judée a déposés dans notre couvent,
pour qu'ils fussent vendus au bénéfice
de la pauvre communauté.

— Le fermier-général n'est pas de
très-favorable humeur, après le désastre qu'il vient d'éprouver et dont il ne
se relèvera de longtemps; cependant,
comme son âme est toujours ouverte à
la bonne semence, il est possible qu'il
accepte la précieuse relique que vous
venez lui offrir.

— J'ai justement sur moi deux de
ces chapelets rapportés de la Terre-

Sainte. (c'est-à-dire, ajouta mentale-
ment le bon père, qu'ils sont faits avec
les graines de notre jardin : mais comme
tous les coins de la terre, qui appartient
au bon Dieu, peuvent être appelés
terres saintes, c'est toujours la même
chose).

— Venez donc avec moi chez
M. de Marillac; je vais lui rendre compte
d'une commission dont il m'a chargé,
et vous pourrez lui parler en même
temps.

Les deux moines arrivèrent à l'hôtel du traitant. Le père Dominique,
habitant de la maison, fit entrer le capucin dans un oratoire détaché du
corps de bâtiment, et qui élevait ses légers lambris de sculpture gothique au

milieu d'un berceau de vigne vierge.

— Attendons un peu, dit le père Dominique, le fermier-général va venir me trouver ici en se rendant à la Maison-de-Ville.

— Quel bel oratoire! dit le père Gaspard en examinant l'intérieur du petit édifice.

— Monsieur de Marillac l'a fait construire pour son fils, dont je suis le précepteur, et pour lequel il a voulu une éducation toute religieuse, et entièrement dirigée vers les devoirs et les sentiments d'un chrétien.

— C'est donc un homme bien pieux?

— Pour lui, il fait peu d'usage des pratiques dévotieuses, quoique il tienne en grand respect tout ce qui touche à la

religion : il paraît, au contraire, avoir
une forte attache aux choses de ce
monde, consacrant tout son temps aux
soins de sa fortune, et sacrifiant sans
cesse au respect humain, dans le désir
extrême de consolider sa position so-
ciale et la considération dont il jouit
dans la ville.

— Il cache peut-être ses sentiments
de piété dans son âme ?

— On ne sait guère ce qui s'y passe
dans cette âme. Il la tient enfermée
dans une enveloppe de marbre que nul
ne peut pénétrer ; et, sans que personne
ait jamais eu à se plaindre de lui, ce
flegme glacial dont il est toujours re-
vêtu inspire un sentiment de crainte et
d'éloignement général, dont l'impres-

sion se fait sentir même à son fils, qui
le voit dans de rares visites comme un
étranger, mais jamais comme un père.

En ce moment, on entendit venir le
fermier-général.

M. de Marillac, que nous avons déjà
vu à l'assemblée de la Maison-de-Ville,
était un homme d'une soixantaine d'années, grand, élancé, portant la tête
haute et le corps rejeté en arrière; il
s'avançait d'un mouvement silencieux
et droit; ses pas ne faisaient entendre
qu'un faible bruit sec sur les dalles de
l'oratoire. La teinte bronzée de son visage maigre et anguleux ressortait davantage au milieu de l'entourage de
blancheur que sa large perruque pou-
drée répandait à l'entour; ses yeux, af-

faiblis par le travail, malades et voilés, et qui d'ailleurs ne se portaient jamais sur ceux à qui il parlait, ne pouvaient rien révéler de ce qui se passait en lui ; tout le reste de sa figure avait quelque chose d'une sculpture de pierre, froide et muette.

Comme le père Dominique venait de le dire, l'amour des richesses dominait en lui, et l'habitude que le financier avait prise de consacrer toutes ses pensées aux affaires d'argent avait nourri et augmenté sans cesse cette passion.

Il avait fait une brillante fortune dans les Indes et était revenu dans son pays, où la place de fermier-général avait consolidé sa haute situation. L'estime qu'on faisait de sa personne et la prééminence accordée à son rang, excitait surtout sa constante sollicitude.

Il faut avoir habité une petite ville pour savoir avec quel empressement et quel fanatisme quelques personnes dévouent toute leur vie et sacrifient les intérêts les plus chers à ce qu'elles appellent considération publique, c'est-à-dire à l'opinion hasardée d'une cinquantaine de petits habitants, et aux propos plus ou moins méchants que la pauvre engeance tiendra sur leur compte dans ses heures de désœuvrement.

Ces deux passions, argent et respect humain, qui sont toutes de compression et tiennent l'esprit constamment tendu sur les choses mesquines et froides, avaient desséché l'âme du traitant

et tari en lui toute source de vie et
d'amour.

M. de Marillac accueillit le père Gaspard avec une politesse doucereuse,
reçut avec beaucoup de respect le chapelet béni qui lui était présenté, et dit
qu'il en remettrait le prix au frère quê-
teur en rentrant du conseil municipal,
où il était attendu à l'instant même.

— Vous êtes sans doute fatigué,
mon père, ajouta-t-il, car vous venez
de loin, et les chemins de nos montagnes sont âpres et difficiles comme ceux
de la vie humaine; veuillez donc accepter quelques raffraîchissements qu'on
va vous servir dans la salle à manger..
ou sous ce berceau, si le beau temps

vous fait préférer de goûter la douceur
de l'air et de jouir du soleil.

En même temps, il appela un domestique qui passait, et lui ordonna de
servir avec soin le révérend père.

— Cet homme est froid comme une
nuit de décembre, dit à part lui le bon
moine en sortant de l'oratoire; j'ai bon
besoin de son vin et de son soleil pour
me réchauffer un peu d'un certain frisson tout particulier que m'a donné sa
présence...

En conséquence, le père Gaspard fit
apporter sa collation dans la cour garnie de cerceaux de vignes; et, en s'as-
seyant devant sa petite table, se trouva
précisément placé sous une fenêtre de
l'oratoire qui, n'étant garantie que par

les pampres légers et mouvants qui tombaient du berceau, laissait parvenir à lui ce qui se disait à l'intérieur.

Il demeura donc occupé à se rafraîchir, à dire son rosaire, et surtout à écouter les entretiens qui avaient lieu dans l'oratoire.

Le moine dominicain commença par rapporter à M. de Marillac les informations qu'il était allé prendre chez le maire de la ville. Ce magistrat venait de recevoir une dépêche du ministre de la guerre, annonçant que le gou-

(1) Le Gouverneur du Dauphiné avait déjà adressé au roi un mémoire détaillé sur la situation malheureuse de ce pays ; mais les ministres prétendant que cette province jouissait déjà d'assez grands priviléges et avait en elle des moyens suffisans de répression, refusèrent les secours demandés. Enfin les choses en vinrent au point que M. Machault, minisire de la guerre, fit partir le régiment d'Harcourt pour qu'il se portât contre la troupe de Mandrin.

vernement français, après avoir longtemps été sourd aux plaintes du Dauphiné*, avait enfin pris en considération l'état déplorable de cette province,
et venait d'ordonner au régiment d'Harcourt de faire route vers Valence et de
se mettre à la disposition des autorités
du lieu, qui avaient besoin de forces
supérieures à celles de la maréchaussée pour combattre la troupe de Mandrin.

— Dieu soit loué! dit le fermier-
général, on pourra enfin opposer armée contre armée, et des troupes ré-
glées devront bientôt balayer ces bandits de la contrée, ou les laisser sur le
champ de bataille.

— Qui sait rien de l'avenir? répondit le moine; Mandrin est un grand homme de guerre et un chef intré-pide!...

— C'est parce qu'il est brave, et tou-jours à la tête de ses soldats, qu'il doit être tué le premier.

— Non; les troupes ont ordre de ménager leurs coups et de le prendre vivant, afin qu'on instruise son procès, et que son supplice serve d'exemple.

L'espoir de salut qui se levait pour la province devait sourire à M. de Ma-rillac, et cependant, à ces derniers mots qu'il entendit, un frisson subit sembla parcourir son corps, il baissa les yeux et dit avec une sourde agita-tion :

— Où est mon fils?... comment se
trouve-t-il ce matin?...

— Mal; depuis cette fatale soirée où
l'attaque des brigands a fait une im-
pression trop vive sur son organisation
nerveuse, la fièvre ne l'a pas quitté; il
paraît agité de sombres pensées qu'il
cache en lui-même.

— Qu'il se livre donc à des exerci-
ces de piété, qui ramèneront le calme
dans son esprit.

— Je crois, au contraire, monsieur,
que la vie ascétique qu'il a embrassée,
la méditation continuelle des livres
saints, la prière, la solitude, tout ce qui
anime l'exaltation mentale, peut avoir
les plus funestes effets sur ses délicats
organes, dans cet âge où les facultés de

l'homme sont dans tout leur développe-
pement sans avoir encore atteint toutes
leurs forces.

—Père Dominique, dit M. de Marillac avec un ton impératif et glacé qui
réduisait tout au silence, lorsque les
moines de votre communauté, après
avoir vu leur monastère pillé, ravagé
et détruit par les contrebandiers, étaient
condamnés à errer sans asile, je vous
ai donné une place honorable dans ma
maison, avec la charge de précepteur
de mon fils. Je ne vous ai point prié
alors de terminer l'éducation de David
selon la direction que vous jugeriez
convenable, mais selon ma volonté,
qui était de dégager entièrement sa jeunesse des choses du monde, pour la

porter vers les doctrines et les prati-
tiques chrétiennes.

— J'ai obéi, monsieur; mais s'il n'est
point des dépendances de ma charge
de régler les aptitudes d'esprit de votre fils, il en est du moins de vous en
apprendre les résultats.

— Quels qu'ils soient, je les accepte;
et j'aimerais mieux voir mon fils succomber sous les austérités d'une vie
religieuse, que se perdre dans les dé-
sordres de jeunes gens impies, révoltés
contre les lois divines et humaines, en
guerre ouverte avec les traditions saintes de la patrie qui leur a donné le jour,
de la famille quiles a nourris. Nos yeux
sont frappés de trop affreux exemp-
les de cette licence d'esprit qui se

manifeste chez les uns par le meurtre
et le vol de grand chemin, chez les autres par des principes révolutionnaires
et sacriléges, qui seront peut-être plus
funestes encore à la France que la hache des brigands.

— Il suffit, monsieur, votre autorité
de père est toute-puissante.

— D'ailleurs, il me semble, reprit
le financier avec un ton qu'il voulait
rendre plus doux, que dans l'applica-
tion de cette autorité à l'existence de
mon fils, je n'ai point oublié la part de
bonheur qui lui était due. J'ai fait
choix pour David d'une compagne
riche, pieuse et belle, qui bientôt, je
l'espère, le rattachera à cette terre par
des joies pures et légitimes.

— Fasse le ciel qu'il soit encore temps pour lui d'y prendre racine !

Le fermier-général s'éloigna, et peu d'instants après le jeune David vint rejoindre son protecteur dans l'oratoire.

L'aspect du jeune homme était en rapport avec celui de ce lieu, où il passait la plus grande partie de ses jours et de ses nuits.

L'intérieur de cette chapelle ne présentait la religion que sous son aspect le plus sévère, et elle semblait consacrée au Dieu de colère et de vengeance. C'étaient partout des tableaux représentant l'archange terrassant le démon. David tuant le chef des Philistins pour anéantir sa race, le feu du ciel dévorant les villes coupables. La voûte était sombre; le jour, qui ne pénétrait qu'à travers d'épais roseaux de feuillage, avait cette teinte pâle et mourante qui entretient et berce la tristesse. Et depuis quelques jours, on ne savait pourquoi, un poignard était déposé sur l'autel. Ainsi la figure du jeune David était mélancolique et sévère; il ne portait ni poudre ni habit de couleurs écarlates, à cause de ses habitudes austères; ses cheveux noirs tombaient lisses autour de son visage pâle, que faisait paraître plus effilé une barbe naissante et trop courte pour être taillée; la foi profonde qui régnait dans son âme ne faisait naître en lui que de tristes soucis, des craintes accablantes, au lieu de

cette bonne confiance en Dieu, qui fait
penser à sa protection dans le malheur, à son indulgence dans les plaisirs, à sa miséricorde dans les fautes.

Le père Dominique commença l'ins-
truction de ce jour par un chapitre de
la Bible, qu'il lisait à son élève en s'ar-
rêtant à chaque phrase, pour y joindre
des commentaires de haute théolo-
gie.

Mais au milieu de sa lecture, le
moine s'interrompit subitement.

— Vous ne m'écoutez pas, dit-il, en
voyant le jeune homme qui, par une
singularité qui se montrait en lui depuis quelques jours, au lieu de prêter
attention aux enseignements de son
précepteur, s'amusait à tourner une

tête de mort entre ses doigts, vous ne m'écoutez pas, David, répéta-t-il.

— Non, mon père.

— Ce chapitre de la Genèse doit cependant appeler toute votre attention.

— Je ne sais où nous en sommes.

— Voyons, rappelez votre esprit sur ce sujet important.

— Non, j'aime mieux vous faire part d'une idée qui me préoccupe et me poursuit sans cesse comme un fantôme attaché à mes pas. Ne pensez-vous pas, mon père, que ce chef de brigands soit doué d'un pouvoir surnaturel?

— Encore lui!...

— Toujours lui. Mes yeux se fermeront avant que je l'oublie. Sa marche désastreuse va peu à peu envahir toutes nos contrées où il ne restera plus que l'enfer régnant sur des ruines.

— Nous devons maintenant repousser de telles craintes. La France nous envoie enfin les secours depuis long-temps demandés : on va voir pour la première fois un régiment royal opposé à une troupe de bandits.

Le jeune homme secoua tristement la tête.

— Des soldats ne vaincront point dans de pareils combats, dit-il ; dans quelques jours leurs os seront dispersés dans la plaine.

— Quelle désespérante pensée !

—Regardez, mon père, ces tableaux qui nous environnent : ce n'est pas l'armée d'Israël qui renverse les Philistins; c'est un jeune homme, un berger, qui tue leur chef impie au milieu des siens; à côté, c'est une faible femme, c'est Judith qui triomphe de l'ennemi de Dieu et des fidèles. Pour atteindre ces géants du mal, il faut une âme, un bras inspirés de Dieu.

— Eh bien?

— Mandrin, lui aussi, est le fléau de notre sainte foi; il brûle les monastères, les églises; il frappe, il humilie leurs ministres : il ne peut être puni, renversé que par un homme élu du Seigneur.

— En est-il encore dans nos temps dégénérés !

— Peut-être.

— Où serait-il?...

— Ne pensez-vous pas, père Dominique, qu'il y a une prédestination secrète dans les noms que nous recevons
au berceau, et qu'ils sont donnés par
la providence plutôt que par le hasard ?

— Il se peut ; mais que voulez-vous
dire ?

— Je me nomme David.

— Eh bien ?

— Eh bien ce nom me révèle mon
devoir ; il m'apprend que je dois aller,
seul avec la jeunesse et la foi du berger
israélite, attaquer le nouveau Goliath
et le massacrer au cœur de son armée.

— Insensé ! s'écria le digne religieux
effrayé de l'exaltation qui brillait dans
les yeux de son élève, ne nourrissez

pas une semblable pensée que le délire
seul a pu enfanter.

—Le délire passe en un moment avec
toutes ses images trompeuses, et cette
pensée reste constamment dans mon
esprit.

— Priez Dieu qu'elle s'efface.

— Qand j'ai prié, elle me possède
encore davantage.

— Malheureux enfant!... Du moins
n'en parlez jamais à votre père ! Il m'a
confié votre jeunesse, et croirait que
je l'ai imbue de rêveries dangereuses
et de folles exaltations qui peuvent
vous conduire à votre perte.

— Mon père ne prend pas tant de
soucis de moi, dit David d'une voix
mélancolique. Le soleil se lève et se

couche souvent sans qu'il se soit souvenu d'avoir un fils ; le matin il sort et va à ses affaires ; il rentre et songe à ses affaires ; il passe près de moi et ne me voit pas. Le soir, il se pare et va dans le monde ; il jette sa fortune en dehors afin d'être flatté, adulé, envié par ses concitoyens ; ensuite il va se coucher et il n'a pas besoin du baiser de son fils pour s'endormir. Quand je ne serai plus, qu'y aura-il de changé dans sa vie ?

— On ne doit pas juger si légèrement le cœur de son père.

— Monsieur de Marillac ne m'a jamais donné un père ; il a bien fait, peut-être : il m'a fait songer que j'avais au ciel un autre père plus grand,

plus puissant, et qui ne m'abandonne
pas...

— Et ne songez-vous pas non plus
à la douce compagne qui vous est destinée ?

— Je donnerais mon sang pour elle,
mais non pas ma foi.

— Le fanatisme vous égare.

— C'est vous qui me l'avez inspiré.
Vous m'avez pris entre vos mains, jeune
et flexible comme la cire qu'on façonne
à son gré. J'étais triste déjà, accablé
de la solitude où je vivais, fatigué d'errer toujours dans cette grande maison
de financier poudreuse, et glacé dans
cette cour où l'herbe croissait de toutes
parts. Je vous confiai mes ennuis, je
vous avouai ce besoin d'aimer qui dé-

vorait en vain mon âme; car j'étais dans
l'âge où nous ne savons encore aimer que
nos parents, et mon père ne voulait point de mon amour! Vous me
dites alors de tourner vers le ciel
ces ardeurs immenses qui débordaient
de mon cœur, de n'aimer que celui
qui ne manque jamais, et qui jamais
ne trompe. Et je méditai, je priai!...
je priai jusqu'à ce que la face de ce
Dieu que je voulais voir et remercier
m'apparût à travers la poussière d'é-
toiles qui la cache!... Mon sang brû-
lait du besoin de se dévouer et d'ado-
rer; vous m'avez fait aimer Dieu : vous
voyez bien qu'il faut que je me sacrifie
pour lui!...

Le moine, vieilli dans l'austérité et

la ferveur du cloître, frémissait cependant devant cette fièvre religieuse qui
allait produire un acte de délire aussi
inutile que dangereux.

—Oh! mon enfant! s'écria le pére
Dominique, considérez au moins la folie de ce que vous voulez entreprendre.

—Je ne veux que ce que d'autres
ont accompli devant moi, tuer avec
l'arme de la foi le fils de l'enfer que
les armes humaines ne peuvent atteindre : je ne sais où, comment; mais je
crois qu'un jour ou l'autre, dans l'ombre ou à la clarté du soleil, le ciel m'en
fournira les moyens.

—Vous entendrez la voix de la raison, la mienne...

—Il n'est pas en votre pouvoir de me

faire renoncer à mon projet, vous ne
pouvez que me soutenir ou m'abandonner.

— Je ne vous demande plus qu'une
chose, dit encore le religieux, sentant
qu'il avait besoin d'un secours puissant
pour vaincre ce cœur obstiné, et
croyant l'avoir trouvé. Confiez ce grand
dessein à votre père : s'il l'approuve,
je vous promets de vous servir de mes
conseils et de mes prières; mais s'il le
repousse avec horreur, jurez-moi d'y
renoncer.

—J'y consens, répondit David avec
un triste sourire.

En ce moment on entendit dans le
corridor un bruit de pas bref et sacca-
dé, semblable à celui que ferait réson-

ner, en marchant, le squelette de la mort, et M. de Marillac entra.

Le front du fermier-général était plus sombre encore que de coutume et son aspect plus glacial. Il venait de s'entretenir des affaires de la province à la Maison-de-Ville, et les détails qu'il avait appris contrariaient sans doute ses secrètes volontés.

Tous trois étaient debout, et dans une froide contrainte, au milieu de cet oratoire sombre et silencieux.

Le père Dominique exposa à M. de Marillac les dispositions d'esprit de son fils, et le projet bizarre qu'avait fait naître dans sa pensée l'exaltation de la piété et du courage.

Le fermier-général fut saisi d'un fré-

missement soudain qui courut dans
ses veines; mais comme il baissa les
yeux sans répondre, on ne sut rien de
ce qui passait en lui.

Croyant qu'il avait mal entendu, le
moine répéta la même chose.

Le père de David dit alors d'une
voix sourde, mais calme :

— Que la volonté de Dieu soit faite!

Le moine demeura attéré de ce con-
sentement si froidement donné au sacrifice d'un enfant.

— Je le savais bien ! s'écria David
avec un éclat de joie qui ressemblait
au désespoir.

Et, se précipitant à genoux devant
le tableau qui représentait David terrassant Goliath :

—Maintenant, dit-il avec des larmes d'extase, Dieu d'Israël, inspire-moi!

Le jeune homme resta agenouillé; son père et son précepteur sortirent de l'oratoire.

Cependant le père Gaspard était demeuré attablé dans le berceau, attendant l'argent qui devait lui être compté, et, comme nous l'avons dit, ne perdant pas un mot de ce qui se disait dans l'intérieur du petit édifice.

Au bout d'un instant, lorsqu'il vit le père Dominique redescendre du cabinet de M. de Marillac, il s'approcha de lui pour réclamer le prix de son chapelet qui lui fut largement payé, et il sortit de l'hôtel.

— Hum! hum! murmurait tout

bas le moine en s'éloignant, des troupes qui arrivent de France... et cet enragé de petit saint, qui veut faire un
miracle!... les choses se compliquent.

Le bon père capucin était arrivé aux
portes de la ville.

Il rajusta ses sandales, assujétit sa
besace sur son épaule, s'affermit sur
son bâton, et se mit en route.

Il marcha des jours et des nuits dans
des pays sauvages, où peu à peu se
perdait toute trace humaine, jusqu'à
la montagne escarpée au sommet de
laquelle on voyait briller les feux du
camp de Mandrin.

UNE BELLE AMAZONE.

III.

Une jeune écuyère, accompagnée
d'une femme de chambre et d'un domestique, cheminait un soir sur la
route tortueuse qui descend des côteaux
de Beauvoir, et va aboutir au faubourg

de Saint-Romain. Un voile de gaze,
suspendu à un petit chapeau noir orné d'une longue plume rose, garantis-
sait son frais et gracieux visage; une
robe de velours vert, ouvrant sur une
jube de satin blanc, serrait sa taille où
se montraient encore les formes déli-
cates et à peine accusées de l'extrême
jeunesse, et retombait sur ses pieds légers posés dans l'étrier. Elle montait
une jolie mule, faite exprès pour elle,
et réunissant à une encolure élégante
l'humeur la plus douce et la plus facile.

Cette jolie amazone était mademoiselle Isaure de Chavailles, que nous
avons vue fuir les bords de l'Isère, lors
de l'incendie allumé dans sa maison
par les brigands. Elle s'était retirée en

ce moment à Saint-Marcelin, chez une
de ses parentes, et revenait quelque
temps après cette catastrophe rejoindre
son père, qui, maire de Saint-Romain,
occupait un bel hôtel au centre de cette
ville.

Eustache et une jeune chambrière
venaient à côté de mademoiselle de
Chavailles, réglant leurs montures sur
le pas de celle de leur jeune maîtresse.

La petite cavalcade voyageait paisi-
blement depuis quelques heures; un
beau soir de printemps répandait ses
éclatantes nuances sur les masses de
verdure, azurait mollement l'horizon,
dorait le sable de la route; et on devait arriver à Saint-Romain avant la
nuit.

Cependant, à la hauteur du village de Valory, la rencontre d'une foule répandue sur la prairie, à droite du chemin, et du milieu de laquelle s'élevait un étrange tumulte, arrêta quelques instants les pas et l'attention des trois voyageurs.

C'était la fête de Saint-Valory, et les habitants des campagnes voisines étaient invités aux divertissements offerts sur la pelouse.

A la place d'honneur s'élevaient des guinguettes pourvues de toute sorte de rafraîchissements, c'est-à-dire de vin, d'eau-de-vie et de tabac; au centre, des parades, des théâtres de marionnettes, des charlatans offraient tous les plaisirs de l'esprit et guérissaient tous

les maux du corps ; tout autour, la musette, le fifre , le hautbois menaient la
danse ; au bord de l'enceinte s'étalaient
en cercle pressé des boutiques chargées
d'images, de verroteries, de fleurs de
papier, de chaînes d'or, d'épingles, de
diamants à deux sous : c'était magnifique !

De tous les côteaux voisins, on voyait
encore arriver des files de jeunes villageois dont les chapeaux ornés de rubans serpentaient par les détours des
sentiers sinueux, et dont les pas légers
dansaient déjà au son de la musique
qui les appelait.

Mais, au plus beau de la fête, un
léger incident avait fait tourner toutes
les têtes et soulevé un tapage infernal ;

c'étaient des cris, des plaintes, des que-
relles, au milieu du bruit non interrompu des divertissements.

Un cabaretier ambulant, qui avait
étalé ses barils de vin sous une tonnelle
de vigne, et désaltérait à grands verres
les danseurs, venait de laisser tomber
un écu de trois francs, et s'était con-
vaincu, d'après le son rendu sur la
pierre, que la malheureuse pièce était
fausse.

Aux jurements qu'il faisait entendre, les autres marchands, éveillés sur
leurs plus chers intérêts, avaient bien
vite tiré de leurs poches les espèces
qu'elles contenaient, et les avaient aussi
jetées sur la dalle pour observer le son
qu'elles rendaient : c'était une pluie de

pièces blanches qui tombait en cascade. Mais hélas, les pauvres posses-
seurs reconnaissaient à leur grand désespoir que le métal blanchi, non-seulement sonnait creux , mais se tordait
et se roulait entre les doigts comme du
vil plomb qu'il était.

Tout ce qu'ils avaient compté acheter avec cet argent , tout ce qu'ils
croyaient déjà tenir, s'évanouissait devant leurs yeux , en laissant à la place
un poignant regret : l'argent s'était
changé en paille entre leurs mains; les
pauvres gens qui vivent au jour le jour
étaient ruinés ce jour-là.

Cependant les plus avisés des indus-
triels se mettaient sur la trace de leurs
pratiques, tâchant de reprendre une

partie des marchandises que celles-ci
avaient bien innocemment payées en
fausse monnaie.

— Ma petite mère, disait un gros
meunier à une marchande de gâteaux,
ne pourriez-vous me renvoyer la belle
et bonne farine que je vous ai livrée
hier, et pour prix de laquelle vous m'a-
vez donné cet écu, aussi blanc que mon
pur froment, mais qui n'a pas, à beaucoup près, la même valeur?

Mais la bonne femme avait passé
toute la nuit à pétrir la farine en pâ-
tisserie, et avait trop bien débité sa
marchandise; un bambin dévorait, en
ce moment, le dernier morceau de ga-
lette; il ne lui restait pas même un
gâteau pour fermer la bouche au meu-

nier, qui, par conséquent, redoublait
ses clameurs.

Les empiriques prenant au collet les
gens qui avaient acheté de leurs spéci-
fiques, juraient Dieu de leur rendre
les fièvres et les lutins qui les tourmen-
teraient s'ils ne les payaient, à l'instant, en meilleures espèces.

Les marchands de jouets, de frian-
dises, de parures poursuivaient également les consommateurs. Un bijoutier
courait après un jeune homme qui venait de lui acheter une montre d'argent, et la reprenait dans le gousset de
l'acquéreur ; celui-ci, marchand de rubans, courait après une jeune fille ap-
puyée au bras d'un cavalier de la ville,
et lui redemandait les rosettes et les

nœuds couleur de rose dont elle
avait fait emplette; la pauvre enfant détachait ses parures de ses cheveux et de son corsage, et baissait tristement la tête en pensant qu'elle ne
pouvait reprendre, à son tour, ce
qu'elle avait donné pour avoir ses rubans.

De toute part l'agitation, la plainte,
l'impatience s'exhalaient en parlage
élevé, clapissant, dont la rumeur courait sur tous les points de l'enceinte;
en même temps la musette s'obstinait
à faire danser son monde, les fanfares
des spectacles allaient leur train, et il
résultait, de ces diverses parties, un
concert à fendre la tête.

C'était alors que mademoiselle de

Chavailles était venue à passer, et avait pénétré avec les personnes qui l'accompagnaient sur le théâtre de la fête.

Ayant appris le sujet du trouble général, elle se hâta de distribuer tout l'argent de sa bourse et de celles de ses domestiques aux plus affligés des pauvres paysans.

Eustache aussi prit part à l'action. Il éleva la voix et improvisa contre les bandits un discours d'une foudroyante éloquence qui porta l'exaspération à son comble, puis il alla boire sous la tonnelle voisine pour se reposer de son succès.

C'était dans cette partie de la pelouse où étaient les cabarets porta-

tifs, que s'élevait surtout un tour-
billon de poussière rempli de jurements et de vociférations. Là cependant deux hommes de rude apparence
assis et les coudes sur la table, fumaient
tranquillement et riaient sous leur
moustache de tout ce qui se passait...
C'était sans doute parce qu'on ne pouvait leur faire rendre, à eux, le tabac
qu'ils avaient consommé, et qui main-
nant n'était plus qu'un léger flot de
apeur fuyant à l'horizon.

Un d'eux se leva cependant et prit
la parole.

Il fit observer très-judicieusement
que si les soldats de la maréchaussée
avaient arrêté depuis longtemqs les

faux-monnayeurs, il n'y aurait plus de fausse monnaie; ajoutant que pour lui, s'il avait l'honneur de servir la justice, il aurait déjà chassé toute cette maudite engeance qui venait se moquer d'elle jusqu'à sa barbe.

Cette réflexion fit ouvrir les yeux aux villageois, qui commencèrent à regarder de travers quelques brigadiers qui étaient à la fête, trouvant en effet fort mauvais que ceux-ci n'eussent pas déjà pris des brigands qui ne voulaient pas se laisser prendre. Des regards de colère on en vint aux injures, et des injures aux coups, ce qui n'augmenta pas peu le tapage de la fête.

Quand on en vint aux mains, les
deux inconnus, satisfaits d'avoir mis
les batailleurs en train, se remirent
tranquillement à boire sous la tonnelle.

Mais auprès d'eux étaient quelques
pauvres vieilles femmes qui venaient
de s'apercevoir aussi du mauvais cali-
bre des pièces qu'elles possédaient, et
ne riaient pas du tout de leur malheur, car elles avaient gagné ce salaire
à de rudes journées; et elles non plus
ne pouvaient pas reprendre ce qu'elles
avaient donné, c'était la sueur de leurs
fronts, la force de leurs bras, de ces
bras que l'âge affaiblissait, et dont
le travail était leur dernière espérance.

Les deux hommes à moustaches, en
voyant les larmes qui roulaient sur ces
pauvres visages ridés, donnèrent incon-
tinent aux vieilles journalières la somme
qu'elles regrettaient en monnaies qui,
frappées sur la pierre, rendirent le son
le plus argentin du monde; ce qui les
fit couvrir de bénédictions, non-seulement par les bonnes femmes, mais
aussi par tout ce qui les entourait.

Mademoiselle de Chavailles et Fanchette, sa suivante, continuaient leur
tournée en répandant des bienfaits, et
aussi en s'amusant un peu des spectacles de la fête, dont leur grande jeunesse s'arrangeait aussi bien que l'ignorance des villageois. Eustache buvait,

et le temps se passait rapidement pour tout le monde.

Quand la jeune écuyère et ses domestiques reprirent le chemin de Saint-Romain, la nuit commençait à tomber.

La route qu'ils suivaient à mi-côte d'une colline boisée traversait une contrée encore sauvage et déserte à cette époque. On avait à droite la hauteur couverte de sapins, que perçaient de loin en loin des pics aigus de roches blanches; à gauche, s'étendait une nappe d'épaisse verdure. Cette route, qui semblait paisible et riante, vers huit heures du soir, au printemps, n'était cependant pas exempte de dangers.

D'abord, du côté de la montagne,

on distinguait, parmi les bruits du vent,
le lointain hurlement des loups qui se
fait entendre ordinairement au coucher du soleil; de l'autre côté, ce qui
semblait une plaine verdoyante n'était
que le sommet touffu de chênes et de
sapins qui croissaient dans des bas-
fonds marécageux, et dont la surface
trompeuse cachait des gouffres immenses; enfin de toute part la campagne
était ouverte aux bandits qui, outre
leurs excursions à main armée dans les
villes, faisaient de fréquentes battues
dans les villages pendant ces nuits de
sinistre mémoire.

— Il se fait tard, dit Eustache; si
nous pressions le pas!

—Bon! tu as déjà peur! dit Fanchette en riant.

— Écoutez donc, j'accompagne mademoiselle et je réponds d'elle à son père; mais personne ne m'accompagne et ne répond de moi! Je suis seul contre tous les dangers de la route.

—N'importe, dit sa jeune maîtresse, tu ne dois rien craindre; je t'ai payé deux bouteilles de bourgogne à la fête pour te donner du courage, et je ne veux pas que mon vin soit perdu.

Malgré cette recommandation formelle, Eustache tremblait de tous ses membres; et lorsqu'il entendait le léger bruit causé par le chamois que faisait lever son approche, on n'aurait pu dire lequel était le plus tremblant, du faible animal qui se sauvait ou de celui qui l'avait mis en fuite.

Il y eut bientôt une raison de plus pour hâter la marche des voyageurs. Un vent très-âpre et chargé d'une fine poussière venait de s'élever. Il frappait au visage de la jeune amazone, arrachait son voile, et tourmentait les longs plis de sa robe flottante.

Ce vent, nommé pontias dans le Dauphiné, est tellement froid, même en été, qu'on croyait encore à cette époque qu'il sortait des cavernes du mont Pontias aux sommets de neige; et il commençait à faire frissonner la petite cavalcade.

— Avançons, mademoiselle, dit encore Eustache, le pontias siffle son air à nos oreilles, et c'est une musique peu agréable.

— Tu es bien aise que le vent de neige se soit élevé, répliqua la jeune chambrière, pour mettre sur le compte du froid ta mine blême et tes frissons.

— Vous avez toujours l'air de me prendre pour un poltron, mademoiselle Fanchette ; et au contraire, quand je pense à ces gueux de faux-monnoyeurs et de contrebandiers, il me prend des rages violentes d'aller me battre contre eux.

— Vraiment !

— Ce soir même, si mon devoir ne me forçait à suivre mademoiselle, je voudrais attendre toute la nuit sur cette route pour tuer le premier brigand venu, et clouer sa tête à notre porte cochère, comme celle d'un loup, en signe de bonne chasse.

La nuit était tout-à-fait tombée.

— Eh mais, qu'est-ce que je vois donc là-bas... à droite du chemin? reprit Eustache d'une voix moins assurée...

— Je ne sais, dit Isaure, mais on aperçoit en effet trois formes noires et immobiles.

Et dans ce moment, la délicate mule de mademoiselle de Chavailles fit entendre un long et triste hennissement.

— Mon Dieu ! qu'est-ce que cela peut être, soupira Eustache?

— Des hommes armés... maintenant on les distingue bien.

— Oui, ils se tournent de ce côté.

— Ils agitent les bras.

— Ils arment des fusils.

— Je vois le feu de la batterie.

En exhalant ce cri de détresse, Eustache, qui avait un éloignement invincible pour le danger, donna à sa monture un mouvement rétrograde si violent, que la malheureuse bête porta des deux pieds de derrière sur la trompeuse surface de verdure qui bordait la route, elle alla avec son cavalier rouler et s'engloutir dans le gouffre.

A cette vue, les deux jeunes filles se mirent à crier et à frapper les airs de douloureuses clameurs.

La mule d'Isaure, effrayée à son tour, mais suivant un meilleur instinct, s'é-

lança dans le bois du côteau. Dans ce
bon impétueux, la jeune écuyère heurta
en plein contre un tronc d'arbre; le
choc lui fit quitter les arçons, et elle
était lancée rudement sur la terre,
quand soudain un bras vigoureux la
saisit dans l'air, et elle se sentit ap-
puyée sur le sein d'un homme qui,
dans ce moment, remplaça pour elle
la dure surface de la route où elle allait être jetée.

Elle entrevit, à la lueur des étoiles,
que celui qui la retenait était un jeune
et élégant cavalier.

Isaure fut d'abord étourdie de ce
genre de secours qui lui avait été envoyé : cet inconnu si près d'elle! la
nuit qui l'enveloppait! tout la faisait

tressaillir. Elle ne pouvait distinguer
les traits de son libérateur ; mais il lui
adressa la parole, et comme le son de
la voix révèle autant de choses que l'aspect du visage, elle fut rassurée par
un organe et des expressions qui ne
pouvaient appartenir qu'à un homme
de qualité, et revint peu à peu de son
trouble.

Mademoiselle de Chavailles et Fanchette s'inquiétaient vivement du sort
d'Eustache, ou plutôt s'affligeaint déjà
de sa perte, quand, à la faible clarté du
ciel nocturne, elles virent sortir sa tête
du niveau de la route, où il était arrivé en se cramponnant aux broussailles
de la frondrière.

— Ah ! poltron, c'est ainsi que **tu te**

caches au moment du danger, s'écria
Fanchette.

— Vous appelez cela se cacher, être
jeté dans un gouffre de mille pieds de
profondeur!... Au contraire, il a fallu
avoir fièrement du courage pour en
sortir, allez; témoin mon pauvre bidet
qui a manqué de cœur, lui, et qui est
là-bas gisant dans les marécages.

Isaure remonta sur sa mule, maintenant douce et docile; on se remit en
route, et Eustache suivit à pied la cavalcade.

En approchant on reconnut que ces
grands corps noirs, objets d'effroi et
de malheur, étaient trois pacifiques
oliviers plantés au bord de la route.

Dans ces campagnes les auberges

sont si petites et si pauvres, qu'elles se cachent tout entières sous le feuillage d'un noyer ou l'ombre d'un rocher qui surplombe, et que le voyageur altéré pourrait passer devant elles sans les voir. Pour obvier à cet inconvénient, on plante devant le lieu de réfection, sur le bord du chemin, quelques pieds d'abres qui indiquent leur présence, et l'humble hôtellerie prend le nom des arbres qui la signalent.

On trouva donc au pied du côteau un petit établissement qui, selon son enseigne vivante, se nommait l'*Auberge des Oliviers*. Des jets de feu sortant de son foyer, et frappant sur la verdure, causaient de légères lueurs, que Eustache, dans son imagination effrayée, avait pris pour des étincelles d'une pierre à fusil.

L'étranger engagea la jeune voyageuse à entrer un moment sous cet abri pour se remettre de l'émotion de sa chute. C'était la raison spécieuse dont il voilait le désir d'attirer sous les rayons d'une lampe la jeune femme qu'il venait de prendre sous sa protection sans la connaître. Comme l'ignorance d'Isaure sur le compte de son cavalier était la même, elle saisit aussi le prétexte pour profiter du motif réel.

Un réduit lambrissé de troncs d'arbres et de mousse composait tout l'intérieur de l'auberge. L'aïeul, le père, la mère et les enfants la remplissaient presque entièrement, et laissaient peu

de place aux voyageurs, qui d'ailleurs
n'arrivaient jamais.

Cependant, malgré les apparences
contraires, la cuisine de l'humble hôtellerie était toujours en activité, car
elle résidait dans les longues mamelles
pendantes d'une vache aux larges flancs,
qui entretenaient le repas toujours con-
fectionné et chaud à point.

Dès que mademoiselle de Chavailles
fut entrée, elle examina à la dérobée
les traits de son compagnon de voyage,
qu'éclairait la lueur d'un large foyer.

Au milieu de la distinction incontes-
table de sa figure et de toute sa personne, sa physionomie, sous la réverbération rouge dont elle était frappée,
indiquait une mâle audace, une grande

force de caractère et de volonté; ses
yeux laissaient échapper ces vifs rayons
d'une flamme intérieure dont le foyer
est au fond de l'âme; tous ses traits,
même dans le calme où ils reposaient,
avaient cette animation profonde, ces
mouvements vifs et fortement accusés,
qui indiquent la puissance des passions.

Mademoiselle de Chavailles accepta
une tasse de lait, sur l'offre des pauvres paysans, et alla s'asseoir pour la
prendre à une petite table dressée au
milieu de la pièce, et sous la lampe de
fer qui pendait du plancher. Pour Eustache et Fanchette, ils n'eurent du *res-
taurant* que le bon foyer de charbon
de terre, qui ranimait leurs membres

glacés par le souffle du pontias et par
la terreur.

Maintenant que Isaure voyait le
jeune cavalier placé près d'elle à
la lumière blanche et paisible de la
lampe, il ne lui paraissait plus le
mêmè, il semblait changé comme
la nuance qui l'éclairait. On ne pouvait
lire sur son front pur, dans ses grands
yeux veloutés, sur sa bouche d'une
beauté parfaite, que les signes d'une
haute intelligence, d'une franchise gé-
néreuse, d'une tendresse d'âme exquise;
l'expression de ce visage avait deux
nuances bien différentes, comme le plumage d'un bel oiseau des Indes, qui
change selon la lumière qui le frappe,
et s'était transformée en passant des

rayons rouges du foyer de tourbe à la
clarté douce et pâle de la lampe.

Pour la condition du cavalier nocturne, elle était facile à reconnaître :
c'était certainement un homme de
haute distinction; la noblesse de sa
race se montrait dans la pureté régulière de ses traits; son blason était
écrit dans toute sa personne; il se re-
traçait dans son langage, sa tenue, la
grâce exquise de ses manières, la noble
simplicité qu'il savait donner à son
costume, malgré la richesse et le nombre d'ornements que la mode du temps
exigeait.

Mais tout ce que nous indiquons ici
n'était que des observations incomplè-
tes, des impressions fugitives pour ma-

demoiselle de Chavailles qui, beaucoup
trop jeune pour asseoir un jugement
dans son esprit, ne pouvait, d'ailleurs,
jeter que des regards timides et furtifs
sur son compagnon de voyage, attendu
que celui-ci la regardait constamment
elle-même avec l'expression de la plus
ardente admiration.

Bientôt on se leva pour repartir.
L'hôtesse avait servi du lait à mademoiselle de Chavailles dans une petite
écuelle de bois artistement sculptée par
le fils de la maison. L'inconnu versa sa
bourse pleine de louis dans cette coupe
rustique, disant que l'or seul était assez précieux pour remplacer le lait qui
avait désaltéré une si charmante voyageuse.

A cette magnificence seigneuriale, la
joie et l'extase de toute la pauvre famille furent si vives qu'elles vinrent se
réfléchir dans le sein d'Isaure ; et la
jeune fille se sentit émue de cette preuve
de simple générosité, comme s'il y
avait eu dans cet acte quelque chose
du cœur.

En passant devant les oliviers qui
masquaient la porte de la cabane, le
jeune homme coupa une branche de
l'un de ces arbres ; il dit qu'il la plan-
terait à l'entrée de sa demeure, et que
le souvenir de cette soirée resterait toujours vivant et épanoui devant ses yeux.

On s'était remis en marche. A cette
nuit si sombre qui l'enveloppait, à cette
solitude lugubre de la campagne, qui, de

quelque côté qu'on se tournât, ne laissait pas apercevoir la moindre lumière,
mademoiselle de Chavailles sentit un
frisson courir dans ses veines. Elle fit
observer d'une voix assez tremblante
qu'il eût peut-être été plus sage d'attendre le jour dans la chaumière que
de repartir à cette heure. Eustache appuya vivement cette réflexion, et dit
que c'était toujours dans des nuits semblables que les brigands qui infestaient
le pays se répandaient dans ces para-
ges, témoins de leurs sanglantes excursions.

— Soyez tranquille, mademoiselle,
je vous en supplie, dit l'étranger. Je
vous jure que tant que vous serez avec

moi, vous n'aurez rien à craindre des gens de Mandrin.

L'accent avec lequel ces mots furent prononcés avait quelque chose de tellement assuré, qu'il entraînait irrésistiblement la confiance. Isaure se remit à l'instant, et témoigna son courage renaissant par l'élan intrépide qu'elle donna à sa monture.

Dans cette seconde partie de la route, Isaure et son protecteur étaient déjà en connaissance, et voyaient s'établir entre eux cette aisance à converser qui a tant de douceur, lorsqu'elle vient des rapports secrets des âmes, au lieu de naître d'une froide habitude. Sur les sentiers frayés entre l'ombre et les précipices, le pas des deux jeunes voyageurs s'harmoniait l'un à l'autre; leur entretien avait pris l'abandon d'un échange mutuel de pensées; il y avait des notes semblables dans leur voix.

Le gentilhomme demanda à mademoiselle de Chavailles comment elle s'était trouvée attardée sur une route dangereuse.

— Je revenais, dit-elle, de chez une de mes tantes, habitante de Saint-Marcelin, et je pensais être arrivée à Saint-Romain avant la nuit. Mon père m'accompagne ordinairement dans ces courtes excursions, mais en ce moment de trouble, il a été obligé de demeurer à la ville, dont il est maire, et dont il cherche à réparer les récents désastres

par ses talents administratifs et le sacrifice d'une partie de sa propre fortune.

—M. le comte de Chavailles s'est
fait connaître en effet par une supé-
riorité d'esprit et une grandeur de caractère peu communes.

—Tout le monde le chérit et le vé-
nère dans la ville ; et moi, qui ai tant
de raisons de plus de l'aimer, je sens
l'amour filial que je lui porte augmen-
ter encore par cette affection universelle qui l'environne.

— C'est un doux spectacle pour vous.

— Aussi, grâce à l'attachement extrême qu'ils ont pour mon père, je
crois trouver des frères dans tous les
bons habitants de Saint-Romain ; je les

aime vraiment en sœur, et je prie Dieu
chaque jour d'anéantir le fléau qui
trouble depuis si longtemps la tran-
quillité publique.

— Je ne croyais pas que la bouche
où je voyais passer tout-à-l'heure un
angélique sourire pût exhaler une im-
précation et vouer, quels qu'ils fussent,
des hommes à la mort...

— Mais ces brigands ne sont pas des
hommes : si vous les connaissiez, vous
sauriez qu'ils ne ressemblent ni d'âme
ni de visage au reste de l'humanité.

—Vous en êtes bien certaine?

— Sans doute. Ils vivent en dehors
de toutes les lois, ils portent une guerre
audacieuse à l'Église, au gouvernement,
à la propriété particulière.

—Et prennent à main armée la part
de biens que la société leur refuse.

— Dans leur épouvantable pillage,
ils prennent jusqu'aux ornements des
autels, ils saisissent les fonds de l'État,
ils incendient, ils détruisent...

— Les hôtels des riches.

— Et jusqu'aux plus saintes demeures. Tenez, mon père avait, à la porte
de Saint-Romain, sur le bord de l'Isère,
une petite habitation qu'il aimait de
prédilection, et qui m'était aussi bien
chère. Tous les objets de ce lieu semblaient animés pour moi, et il y avait
entre nous comme un lien de cœur :
les grands arbres m'avaient vu naître,
et j'avais vu naître les plantes et les oiseaux ; c'était dans cette maison aussi

qu'avait résidé ma mère, et depuis sa
perte mon père y avait élevé un culte
pieux à sa mémoire. Quand il était
obligé de s'absenter il m'envoyait habi-
ter cette demeure, pensant que cette
atmosphère de pureté et de religieux
souvenirs était la plus sainte protection
pour moi... Eh bien ! cette maison bé-
nie, les brigands de Mandrin l'ont incendiée, et il n'en reste plus pierre sur
pierre.

—C'est en effet bien affreux, dit
l'étranger d'une voix émue.

Il y eut un moment de silence ; puis la
pensée du jeune gentilhomme, passant
du danger que mademoiselle de Chavailles avait couru peu de temps auparavant à la destinée entière de la jeune

fille, il osa lui adresser une question un peu hasardée pour la nouveauté de leur connaissance.

— Et sans doute, dit-il, votre père qui veille sur vous avec une si tendre sollicitude, a déjà songé à vous donner un protecteur légitime et saint comme lui-même, pour le temps où il sera forcé de vous quitter ?

— Mon Dieu ! dit Isaure, dès que les jeunes filles ont acquis quelque raison, c'est à leur parler de mariage qu'on applique leurs réflexions et leurs pensées naissantes.

— Ainsi, on pense déjà à vous faire quitter le nom de votre père et perdre votre douce liberté, dit l'inconnu avec l'accent amer d'une jalousie instinctive et universelle qui est au fond de toutes les âmes.

— Je me soumets, à cet égard, comme en toutes choses, aux volontés de mon père.

— Vous acceptez aveuglément l'époux qu'il vous propose.

— Oui, parce que, dans ma fervente piété pour lui, je crois son jugement infaillible... Cependant malgré toute l'obéissance que j'y mettrai, il me semble que sa volonté, sur ce point, ne s'accomplira point.

— Comment?

— Que vous dirais-je ! des pressentiments, des révélations secrètes, auxquels j'ai la folie d'attacher plus de foi qu'à toutes les apparences positives, me font croire que je suis destinée au cloître.

— Vous, grand Dieu ! quelle étrange pensée !

— Elle ne tient peut-être qu'aux impressions laissées dans mon esprit par les entretiens d'une vieille gouvernante très-pieuse... Mais souvent en rêve tous mes sens sont frappés à la fois par les émanations du cloître, par la lumière des cierges, les parfums de l'encens, la musique religieuse et tout l'atmosphère du saint temple qui vient m'environner... Souvent, en m'éveillant et en regardant une image de sainte Ursule, qui est au pied de mon lit, je crois voir mes traits sous le bandeau religieux de la sainte.

Isaure s'arrêta subitement et rougit.
Sa pudeur d'âme lui fit sentir qu'elle
ne devait pas dévoiler des pensées et
des sensations intimes aux regards d'un
étranger. Heureusement on apercevait
alors les lumières de la ville, et le moment de l'arrivée vint faire diversion à
son embarras.

Du côté extérieur des portes d'entrée,
se trouva un domestique qui amenait
à l'élégant voyageur un cheval frais
pour continuer sa route.

Il tendit la bride d'un alzan riche-
ment arnaché en disant :

— Le cheval de M. le baron d'Alvimar.

Ce fut ainsi que mademoiselle de
Chavailles apprit le nom de son pro-

tecteur inconnu. Celui-ci, après l'avoir
saluée avec respect et une expression
de tristesse qu'il ne put dissimuler, se
sépara d'elle.

UN JOUR MÉMORABLE.

IV.

Peu de temps après ce voyage de
mademoiselle de Chavailles, dont le
retour avait été marqué de quelque
danger, l'hôtel du maire de Saint-Romain avait cet aspect de fête intérieure

et modeste qui signale une réunion de famille.

Le beau temps avait fait ouvrir la façade de la maison qui donnait sur le jardin; les fleurs, le soleil et l'air pur entraient dans toutes les pièces et s'y établissaient largement, de légères tentes déroulées devant les portes-fenêtres du rez-de-chaussée s'étendaient jusqu'au parterre; et ces appartements dont le luxe était plein de goût et de fraîcheur, ainsi que ce jardin d'une culture élégante et recherchée, semblaient ne faire qu'un seul et vaste salon.

Depuis que l'incendie de la petite maison des bords de l'Isère avait détruit sous les yeux d'Isaure, la volière

et la serre chaude auxquelles elle attachait tant de prix, M. de Chavailles
s'était plu à lui rendre ces objets d'a-
grément dans son jardin de la ville; on
y voyait une foule de plantes rares et
des oiseaux des îles dans des cages do-
rées.

Dans la salle à manger, et devant un
vaste buffet qu'elle venait d'ouvrir,
Isaure, les deux mains enlacées autour
des bras de son père, et la tête penchée
sur son épaule, lui montrait avec orgueil le charmant dessert préparé pour
ce jour-là; le gracieux édifice de por-
celaine, de vermeil et de cristaux, pleins
de fruits, de crême, de sucreries, que
ses mains avaient élevé.

— Et pour lequel de nos convives

as-tu fait de si charmants apprêts? demanda son père.

— Pour vous, mon père; de tous
les hommes de talent et de distinction
qui se réunissent à l'hôtel, je ne vois
que vous.

— Il en est un autre, cependant,
pour lequel j'aimerais à te voir de flat-
teuses attentions.

— Pour David de Marillac?

— Pour David, ton jeune futur,
certainement, mais aussi pour le baron
d'Alvimar, qui t'a sauvée d'un grand
danger, et abritée ensuite le long de la
route contre ceux qui auraient pu re-
naître. Lorsqu'il a fait demander de tes
nouvelles après ce périlleux voyage, je
l'ai prié d'assister à un de nos repas de

famille, afin que j'eusse le plaisir de le remercier en personne, et nous l'atten- dons aujourd'hui.

— Je suis certainement flatté de ce qu'a fait pour moi un homme aussi distingué par son rang...

— Et ses avantages personnels, à ce que tu m'as dit.

— Mais... je l'ai très-peu vu... je ne sais...

Fanchette, qui courait partout après sa jeune maîtresse pour mettre la der- nière main à une toilette que Isaure n'avait pas eu la patience de laisser ter- miner, saisit le moment où le léger trouble de celle-ci la retenait immo- bile pour passer à son cou un collier de plusieurs rangs de perles, et autour

de sa taille une cordelière semblable,
qui, en retombant sur sa robe de soie
bleue de ciel, composait toute sa simple parure.

Monsieur de Chavailles était vivement préoccupé ce jour-là; des nuages
d'inquiétudes passaient sur sa vénérable
figure, ordinairement si sereine. Il voulait causer en particulier avec sa fille
avant la soirée, et l'emmena s'asseoir
sur un banc ombragé qui faisait face à
un tapis circulaire de gazon, orné au
milieu d'une corbeille de roses.

Le mariage de mademoiselle Chavailles avec David de Marillac, fils du fermier-général, était arrêté, et c'était le
soir-même qu'on devait en fixer le jour
dans la réunion formée à ce sujet.

Mais cet événement décisif laissait
l'âme d'Isaure parfaitement tranquille.

Cette jeune fille, élevée loin du
monde et sous les yeux d'un père dont
la vertu était pleine de douceur et d'indulgence, n'espérait pas un bonheur
plus grand que celui dont elle jouissait, ne redoutait pas les souffrances
d'une union désassortie dont elle n'a-
vait aucune idée; ainsi le mariage ne
lui semblait rien devoir changer à son
sort. Elle consentait à se marier, en
pensant qu'une femme a besoin d'un
bras pour s'appuyer dans tout le cours
de la vie, comme pour aller à l'église et
aux promenades, et voyait seulement
dans un époux une protection immua-
ble. Ne craignant aucune douleur qui

pût naître de lui, elle ne faisait pas non
plus de projets pour le rendre heureux
lui-même; l'âme de cette jeune fille
était tellement douce, modeste, pieuse
et tendre, qu'elle devait porter le bonheur comme un arbre porte ses fruits.

La vertu instinctive, jointe à l'i-
nexpérience complète de son applica-
tion et de ses luttes, était ce qui dominait dans tout son caractère.

Isaure était pure et chaste, non-seulement par éducation, mais par nature :
grâce à un sens moral très-développé
en elle, elle jouissait de tout ce qui est
bon, noble, généreux, et eût été bles-
sée de tout ce qui est mensonge, impu-
deur, méchanceté, comme d'une odeur
fétide ou d'un son discordant; elle

agissait saintement plutôt par goût que
par devoir. Elle était pieuse par-dessus toute chose, parce qu'au pied de
l'autel se trouve l'apogée de toutes les
vertus humaines.

Mais elle s'ignorait elle-même, comme elle ignorait tout le reste du monde.
Au milieu de ses fleurs et de ses oiseaux, elle ne s'était guère entretenue
qu'avec sa vieille gouvernante, qui, de
son côté, ne s'entretenant qu'avec elle,
ne pouvait rien lui apprendre des choses du dehors. Elle n'avait puisé que
peu de pensées dans les livres, parce
qu'on ne lui avait jamais donné que
des ouvrages sérieux, et qu'étant très-
enfant encore, elle ne les aimait guère.
Quant aux lectures religieuses, son

cœur en détournait souvent son esprit; elle aimait mieux prier que lire des prières. Cependant sa piété profonde et rêveuse avait mis au fond de son âme une exaltation, voilée dans le cours ordinaire de la vie, mais qui, dans les moments décisifs, devait suffire seule à la porter non-seulement à des résolutions courageuses, mais à des partis extrêmes.

En attendant, elle vivait dans une simplicité d'âme qui la rendait plus jeune encore que ses dix-sept ans.

C'était donc son père, dont le cœur enfermait toutes les inquiétudes de l'événement solennel qui se préparait.

— Mon Isaure, lui dit-il avec tendresse, penses-tu bien que c'est aujourd'hui même que nous devons fixer le jour de ton mariage?

— Sans doute, mon père.

— Mais as-tu bien interrogé ton cœur? es-tu bien sûr d'aimer le jeune Marillac?

— Oui, je l'aime, mais très-peu, dit-elle avec le sourire le plus tranquille.

— Comment!...

— Je l'aime plus que les étrangers qui viennent à la maison, mais moins que ma nourrice et mes perroquets.

— Que dis-tu?... Mais alors ce mariage...

— Oh! je serais désolée qu'il ne se terminât pas, et je n'en voudrais point d'autres. C'est vous qui avez choisi Da-

vid pour mon mari, et ce choix le rend
tellement sacré à mes yeux, qu'à dé-
faut d'une affection bien vive pour lui,
j'ai une confiance entière au bonheur
que je dois en attendre; et il me semble que loin de cette union que vous
avez projetée pour moi, ma destinée
serait brisée.

— Tu m'effraies, ma chère enfant,
par cette abnégation si grande de toi-
même; la responsabilité qui pèse sur
moi en devient encore plus redoutable.

— Mon père, vous défiez-vous de
vos lumières?

— Que sais-je! Je n'ai que le jugement d'un homme. Cependant j'ai tout
fait pour m'éclairer à ce sujet. En je-

tant les yeux sur les hommes qui prétendaient à ta main, mon choix s'é-
tait tout d'abord porté sur David.
Il est jeune, instruit, d'un extérieur
agréable, riche, très-bien placé dans le
monde, et toutes ces considérations me
décidaient en sa faveur ; car il me semblait que dans les choses positives, où
la lumière divine ne peut pénétrer, les
convenances sociales doivent être pour
nous comme une religion secondaire
qui nous est donnée pour nous conduire dans la vie matérielle...

— Eh bien ! mon père ?

— Eh bien ! je tremblais encore d'ex-
poser ta destinée sur ce fragile point
d'appui. Un jour, dans les inquiétudes
que me donnait ton avenir, j'eus l'idée

d'aller implorer le secours de Dieu.
J'entrai dans une église... Hélas! il y
avait bien longtemps que je n'avais prié
pour moi : quelle que soit notre croyance
sincère, les affaires tyranniques de la
vie réelle nous arrachent malgré nous
à nos plus chers devoirs... Mais pour
toi, pour ton bonheur, je repris la foi
du jeune âge et presque sa superstition.
Comme je priais le ciel avec ferveur de
me révéler l'époux que je devais te choi-
sir, j'aperçus un jeune homme à quelques pas de moi, agenouillé sur les dalles du chœur, et je reconnus David de
Marillac... Que te dirai-je, mon enfant,
cette pensée que c'était Dieu-même qui
me le montrait en ce moment, comme
pour arrêter ma pensée sur lui, péné-

tra dans mon âme. Je me sentis soula-
gé d'une inquiétude immense; et ce
jour-là je donnai ma parole à monsieur
de Marillac.

— O mon père ! mon bon père ! que
je t'aime !

— Oui, chère enfant... mais lui?

— Oh! lui, je crois que l'amour si
tendre que vous m'avez témoigné en
cette circonstance l'embellit à mes yeux.
Oui, je sens que je l'aime mieux maintenant.

Isaure s'était jetée sur les genoux de
son père et le tenait enlacée à son cou
comme une enfant, lorsqu'on vint an-
noncer que M. David de Marillac et
son précepteur arrivaient au salon. Le

comte de Chavailles et sa fille allèrent les recevoir.

Le fermier-général, retenu dans sa chambre par des douleurs rhumatismales qui lui laissaient la faculté de travailler sans lui permettre de sortir, avait voulu que le digne instituteur de son fils le remplaçât dans cette réunion importante, où le mariage de David devait être irrévocablement arrêté. Afin que les dispositions relatives à cette union, qu'il désirait beaucoup, ne fussent point retardées par son absence, et il avait transmis au religieux dominicain tous ses droits de père.

La conversation fut d'abord assez contrainte; les esprits, préoccupés du point important qui devait se traiter

plus tard, se pliaient avec peine aux paroles vagues et insignifiantes des préludes.

La pâleur et la mélancolie habituel-
lement empreintes sur la figure noble
et touchante du jeune David de Marillac semblaient plus profondes ce jour-
là ; soit que sa souffrance intérieure fût
augmentée par une cause secrète, soit
qu'on fût plus étonné d'en retrouver
l'expression dans un moment consacré
à d'heureux projets, et que le sourire
qu'il s'efforçait d'amener sur ses traits
en fît mieux ressortir la tristesse.

On annonça M. le baron d'Alvimar.

Le comte de Chavailles et sa fille se
levèrent avec empressement pour le
saluer ; mais Isaure demeura frappée
d'une sorte d'immobilité à sa vue.

Le baron avait ce jour-là une mise
éblouissante de dorures et de pierreries ; mais ces ornements étaient distri-
bués avec un goût si parfait, et il y
avait tant d'harmonie entre cette parure
princière et la beauté élevée de sa personne, que tout ce luxe paraissait devoir être son costume le plus naturel.

Les yeux d'Isaure en furent éblouis ;
il lui sembla un instant que cette figure
se détachait dans une cercle de lumière,
et que tout le reste se voilait dans l'ombre. Elle trembla, se sentit faiblir, et
eut peine à prononcer quelques paroles.

Elle ne concevait pas que ce noble
seigneur, devant qui elle se sentait maintenant si tremblante, fût le voyageur

au côté duquel elle avait cheminé toute
une soirée et causé avec tant d'aisance.

Ce premier moment d'intimité et
de confiance avait été comme un tapis
de gazon déroulé devant la pauvre enfant, pour qu'elle arrivât d'elle-même
à un bord dangereux.

Un instant après, une conversation
sérieuse s'engagea entre M. de Chavailles et ses hôtes.

L'entretien roula naturellement sur
les désastres récemment éprouvés par
la ville de Saint-Romain, et les moyens
à mettre en usage pour la préserver de
nouvelles attaques de la part des contrebandiers. Le baron d'Alvimar, quoique étranger à la ville, déploya à ce sujet
une grande justesse d'aperçus, beaucoup

de science administrative, et des idées pleines de sagesse.

Le jeune Marillac, dès la première vue, s'était senti un attrait instinctif pour le noble étranger, et s'était rapproché de lui. Isaure, par le même motif, peut-être s'en était éloignée.

Pour cacher un trouble dont elle ne cherchait point à se rendre compte, elle s'était mise à son métier de tapisserie, placé dans une vaste embrasure de croisée, qui formait comme un retranchement à part au milieu du salon, et elle brodait en penchant la tête sur son ouvrage.

Madame Blondeau, assise à ses côtés, lui tenait compagnie.

Près d'une jeune fille privée de mère,

la bonne gouvernante avait pris quelque chose de ce titre saint, et sa condition s'en était relevée. Elle avait passé du grade de nourrice à celui de gouvernante, puis à celui de dame de compagnie; en récompense de son attachement et de ses services, elle était maintenant à l'hôtel sur un pied d'égalité avec les maîtres; elle paraissait au salon et à table, même les jours de réception. Aussi pour reconnaître autant que possible cette bonté, elle mettait ces jours-là son immense coiffe de linon à rubans bouton d'or, sa robe de pékin mordorée, et son fichu clair empesé, sur lequel pointait sa croix de diamants.

Assise très-près de mademoiselle de

Chavailles, elle lançait des regards en dessous au bel étranger, et les ramenait ensuite sur sa jeune maîtresse.

— Hein! mademoiselle, disait-elle tout bas, quel beau cavalier!

— Tais-toi donc, il pourrait t'entendre.

Il avait entendu, en effet; le baron d'Alvimar, avait l'ouïe assez fine et l'esprit assez exercé, pour ne pas perdre un mot de ce qui se disait vers la fenêtre, tout en continuant son entretien de la manière la plus suivie.

— A quoi penses-tu donc, Blondeau? dit la jeune fille déjà fâchée que sa gouvernante lui eût obéi.

— Je pense, répondit celle-ci en ramenant toujours sur le baron d'Alvimar

des yeux dont l'âge n'avait pas trop
éteint la noire prunelle, je pense que
cela ferait une jolie figure de mari à
l'église Notre-Dame et au bal de noces.

— Chut ! ne dis pas cela.

— Oui ! et plus jolie que celle de
M. David.

— Que peux-tu trouver de mal en
ce jeune homme ?

— Il ne rit jamais, il ne porte que des
habits noirs, et quand il vous regarde
avec son air mystique et contrit, on dirait qu'il lit les psaumes de la pénitence sur votre joli visage.

— Fi ! Blondeau, toi qui es si pieuse
et qui aime tant à voir chez les autres
des sentiments religieux !

— Il y a temps pour tout, et M. Da-

vid ne trouve jamais celui de vous faire
la cour.... Je suis sûre que notre beau
baron s'en tirerait bien mieux. Il a des
yeux ! une bouche ! un sourire ! qui fe-
raient l'amour tous seuls, sans qu'il le
voulût lui-même.

— Tu trouves, dit Isaure en sou-
riant.

— Et quelles belles manières ! quelle
grâce ! quelle toillette !

— Tu en parles comme de mes
oiseaux des indes, tu ne vantes que son
plumage.

— Ah ! pour ce qui est de son esprit
vous pouvez en juger mieux que moi,
vous avez causé tout une soirée avec
lui... Bonté du ciel ! dire que vous avez
rencontré ça sur des chemins perdus

où on ne devait trouver que des loups et des voleurs !... Quelle grâce de Dieu !

— Oui, j'ai cru alors que Dieu l'avait envoyé à mon aide ; je lui ai parlé sans crainte, et il m'a semblé avoir autant d'esprit que de noblesse de sentiments..

— Et à présent ?

— A présent... Je tremble devant lui... Je ne sais ce que j'éprouve... mon cœur se serre.

— Il faut bien vous en garder, ces symptômes sont très-dangereux dans la jeunesse.

— Tu ne peux pas en juger ; tu ne te souviens plus de ce temps-là... c'est de la timidité, et voilà tout... Qu'on est malheureux d'être si timide ! ajou-

ta-t-elle en mettant la main sur son
cœur qui battait douloureusement.

En ce moment, ayant soulevé les
yeux, elle rencontra un regard de d'Alvimar où semblait se peindre, avec l'extase la plus ardente, une tendre pitié.
Elle tressaillit, pencha la tête sur son
métier et travailla en silence.

— Mon Dieu ! que faites-vous donc,
mademoiselle, reprit au bout d'un instant la duègne, on dirait que vous bro-
dez à points perdus : voilà votre bou-
quet de rose tout barbouillé de fils
bleus !

Isaure n'eut pas l'embarras de répondre à cette observation, on vint annon-
cer que le diner était servi.

La jeune fille qui, pour la première

fois, avait une émotion à tenir secrète
et voulait se tirer à son avantage des
honneurs de la table qu'elle était char-
gée de faire, prit une assurance et une
vivacité d'emprunt qui colorait ses joues
et animait son regard, tandis que le
trouble enfermé dans son âme, donnait
à ses traits une expression qu'on ne
leur avait jamais vue. Elle n'était habi-
tuellement que jolie, elle devint belle
en ce moment.

Son père, à propos des fonctions de
maîtresse de maison qu'elle remplissait
si bien, appelait souvent l'attention sur
elle, ou l'attirait elle-même dans la
conversation générale et sentait un
doux orgueil monter à son front. David la contemplait avec un amour in-

dicible et une tristesse croissante. Il y
avait toujours eu dans le cœur de ce
jeune homme une profonde humilité
dans la comparaison qu'il établissait entre son mérite personnel et celui de la
femme qui lui était destinée : il déses-
pérait souvent de ce bien dont il ne se
trouvait pas digne ; et dans ce moment,
en voyant Isaure devenir ainsi belle et
radieuse, il lui semblait qu'elle prenait
des ailes pour s'éloigner de lui à jamais.

Pour le baron d'Alvimar, Isaure retrouvait sur ses traits cette variété d'expression qu'elle avait déjà remarquée
dans le voyage aux lueurs douteuses de
la chaumière. Il était placé en face
d'elle ; elle osait le regarder rarement,
et à chaque coup-d'œil furtif, elle trou-

vait sa physionomie changée. Tantôt à
ces sourcils serrés, à ce regard de flamme,
à ces narrines gonflées, à ce fluide ardent qu'exhalaient tous ses traits, on
croyait voir l'homme qui lutterait avec
Dieu même pour assouvir ses passions,
tantôt sous le charme de tendresse
ineffable et pure qui l'enveloppait, on
croyait trouver le jeune homme qui pas-
serait sa vie aux genoux de la femme
aimée, comme le novice au pied de la
madone. La nuance de son teint,
qui pâlissait ou se colorait tour-à-
tour, ajoutait encore à cette diversité.
Mais la jeune fille était sous la puissance
de ces mirages différents; elle en sentait l'effroi ou la douceur, sans les expliquer ni les juger dans sa pensée.

Malgré les diverses préoccupations
qui absorbaient secrètement l'esprit des
convives, l'arôme des vins délicats, des
liqueurs choisies, ce léger enivrement,
qui voltige dans le cerveau sans toucher
à la raison, amena à la fin du repas, un
moment de gaîté et d'oubli, dont on
sentit le besoin de jouir. On ne voulut
pas encore s'occuper d'une affaire agréable, mais sérieuse, en ce qu'elle touchait
à tout ce qu'il y a de plus imposant
dans la vie.

M. de Chavailles fit apporter une
table de piquet sous la tente garnie de
lauriers roses qui ombrageait l'entrée
du salon, et après s'y être placé avec
le père dominicain, engagea sa fille à
profiter des derniers moments du jour

pour montrer à M. d'Alvimar les plantes étrangères qu'elle avait réunies
dans son jardin.

Isaure, accompagnée du baron et de
son inséparable Blondeau, descendit les
degrés de la terrasse.

David fit un mouvement pour les
suivre, puis il s'arrêta subitement,
s'assit au pied d'un arbuste qui le voilait à demi, et accompagna Isaure seu-
ment du regard.

Il avait besoin d'un moment de solitude pour mûrir une résolution dou-
loureuse qui flottait dans son esprit. Et,
du reste, il ne souffrait pas de voir le
baron d'Alvimar auprès de sa belle
fiancée. Comme il arrive souvent, sa

jalousie oubliait l'objet sur lequel elle
aurait dû se porter.

D'ailleurs, un lien occulte, dont la
providence gardait le secret sous ses
voiles impénétrables, l'unissait à cet
homme qu'il rencontrait pour la première fois, et il en éprouvait l'attrait
sans le comprendre; il voyait avec
calme l'éclat et la grandeur de ce bril-
lant étranger près duquel il devait être
tellement effacé, et ne sentait point
l'effroi de cette rivalité dangereuse passer au milieu de ses espérances.

Isaure parcourait les allées embaumées
du jardin, unissant ses pas à ceux du
jeune seigneur.

Depuis qu'elle était seule avec lui,
elle retrouvait quelque chose de cette

aisance qui avait présidé à leur premier
entretien, sans cesser d'être éblouie et
fascinée par la puissance inconnue qu'il
exerçait sur elle. Tout s'embellissait autour de lui! Elle trouvait ses arbustes
plus frais, ses fleurs plus éclatantes,
parce qu'elle apportait au milieu d'eux
une âme déjà plus développée à toutes
les sensations, parce qu'elle les regardait avec des yeux voilés de trouble,
qui leur donnaient ce prestige enchanté
des objets qu'on voit en songe.

Le même charme agissait sans doute
sur d'Alvimar, car en traversant ce labyrinthe de fleurs et de verdure, il
semblait s'enivrer d'air et de bonheur.

La gouvernante d'Isaure l'avait accompagnée : mais à la première plate-

bande de tulipes qui se trouva sur leur
chemin, la vieille dame s'arrêta subitement ; elle venait de voir une de ces
fleurs couchée morte sur la terre, et
avait deviné à son pied la présence d'un
de ces gros vers à tête de hanneton qui
coupent les tiges des plantes à la racine. Elle prit un petit instrument ara-
toire et se mit à fouiller le terrain.
Mademoiselle de Chavailles la pria bien
d'abandonner cette occupation, mais
pour rien au monde la sage gouvernante d'Isaure et des fleurs n'eût quitté
la place avant de s'être saisie du ver
rongeur, et de l'avoir mis hors d'état
de commettre de nouveaux meur-
tres.

La jeune fille s'enfonça donc lente-

ment et seule avec M. d'Alvimar sous
les ombrages du jardin.

Ils arrivèrent auprès du tapis de gazon et s'assirent sur le même banc où
Isaure, quelques heures auparavant,
était aux côtés de son père, si pure,
simple et naïve enfant, et où maintenant elle tremblait et pâlissait sous les
premiers frémissements d'une passion
inconnue.

Et tout était d'un calme charmant
autour d'eux : le soleil traversait obli-
quement les masses de verdure, tandis
qu'un air léger faisait voltiger dans l'espace l'ombre des feuilles et les paillet-
tes étincelantes des plus purs rayons;
on ne voyait autour de soi que des
touffes verdoyantes où chatoyait le plu

mage mordoré des oiseaux; les longues tiges effilées des églantiers, des
chèvrefeuilles et des jasmins formaient
des palissades qui voilaient l'horizon,
et sous leurs arcades on n'entendait
que le pas paisible du jardinier, arro-
sant à la tombée du jour les plantes
fleuries dont le léger frémissement semblait le remercier.

— Vous avez fait un paradis terres-
tre de ce petit coin du monde, dit d'Alvimar. Maintenant que je le connais, je
posséderais les demeures des princes
que je n'en serais pas satisfait encore,
car je n'y trouverais jamais le charme
que vous avez su répandre ici.

— Mais avec votre fortune et le goût
que vous montrez pour la nature cul-

tivée vous devez avoir un jardin, un parc même vaste et plendide.

—Oui, bien vaste !... Plus vaste que l'œil ne peut embrasser, que les pas ne peuvent parcourir sans se lasser : mais cultivé par la main seule de l'ouragan qui le traverse sans cesse.

— Quoi! pas un arbuste que vous ayez choisi et que vous aimiez?

—Il y a un arbuste que j'ai planté et que j'aime : c'est l'olivier bien jeune encore dont j'ai pris la tige sur la route où je vous ai vue pour la première fois. Vous en souvenez-vous ?

— Oui; tous les détails de cette soirée ont toujours été présents à ma mémoire... et je sens que maintenant j'y penserai bien plus encore.

Isaure leva sur lui un long regard, puis sa tête se pencha, et elle garda longtemps le silence tandis que ses mains blanches et pures, que faisait mieux ressortir la soie bleue de sa robe, jouaient machinalement avec sa cordelière de perles. Elle songeait à d'Alvimar ; elle le voyait grand, noble, passionné, tel qu'il l'était en effet, elle rêvait à lui devant lui-même, et ne pouvait empêcher le sentiment puissant qui pénétrait en elle de paraître sur ses traits, car ella en ignorait le nom et l'étendue.

Le jeune homme immobile la regarda longtemps sans rien exprimer de ce qui se passait en lui. Puis sou-

dain il se leva, et lui dit avec une certaine brusquerie :

— Venez , venez... éloignons - nous
d'ici...

Isaure quitta le banc ombragé ; mais
se trouvant bien dans cet endroit enchanté pour elle, dont elle goûtait le
bonheur et ne connaissait pas le danger, elle se dirigea vers la corbeille de
rosiers placée au milieu du gazon circulaire.

D'Alvimar l'y suivit, et ses yeux s'arrêtèrent sur une jeune rose mousseuse
qui était seule sur un rosier d'une magnifique venue, car cette espèce était
encore très-rare en ce temps et difficile
à obtenir. Isaure, voyant l'attention

qu'il donnait à cette fleur, la coupa et la lui tendit.

—Ah ! dit-il avec une sorte de douleur, pourquoi l'avez-vous coupée?... Je pouvais la voir sur sa tige et respirer son odeur.

—Ici, elle était à tout le monde, répondit la jeune fille, tandis que maintenant son éclat sera pour vous seul et son parfum vous suivra partout.

—Oui, mais elle va mourir.

—Eh bien !... mon Dieu !... mourir pour ce qu'on aime, n'est-ce pas le meilleur destin?

—Et vous croyez que cette rose m'aime?

—Oui, dit-elle, en mettant la main sur son cœur.

Elle semblait dire ainsi : Tout doit vous aimer, les êtres les plus simples doivent avoir une âme pour l'élever à vous.

D'Alvimar parut faiblir sous le poids d'une émotion violente ; il se retira de quelques pas, et s'appuya contre un arbre en croisant les bras. De là il contempla Isaure avec une expression étrange ; toutes les nuances qui se succédaient ordinairement sur son visage s'y confondaient en ce moment : ses yeux humides de larmes lançaient les éclairs de la violence ; il y avait sur ses traits l'empreinte du pieux dévoûment, de l'adoration suppliante, et en même temps ils se couvraient du nuage for-

mé par de sombres pensées et par une
résolution implacable et cruelle.

— Elle aussi... elle m'aime ! mur-
mura-t-il d'une voix concentrée. Eh
bien ! le sort en est jeté...

Isaure, ne comprenant rien à ces
étranges paroles, demeurait interdite
et muette, quand une voix se fit entendre dans le feuillage.

—Il faut rentrer, mon enfant, la
rosée est très-mauvaise au coucher du
soleil, dit en se montrant la bonne
gouvernante, qui ne voyait en cet endroit d'autre danger pour sa fille ché-
rie que la fraîcheur du soir.

Cette voix de la vieillesse, tombant
dans cette solitude émue et brûlante,
était plus froide que toutes les ondées du

ciel... D'Alvimar et la jeune fille de-
meurèrent quelque temps en silence,
puis ils reprirent avec madame Blondeau
l'allée qui conduisait à la maison.

Au fond du salon, M. de Chavailles
et le religieux dominicain qui représentait le père de David, étaient assis devant une table éclairée de deux bougies, et sur laquelle étaient posés les
parchemins des deux familles.

Ils s'occupaient des affaires d'intérêt relatives au mariage qui allait se
conclure; affaires du reste très-faciles
à régler, puisque les deux jeunes gens
étaient également seuls héritiers du
nom et de la fortune de leurs parents.

David, toujours absorbé et rêveur,
se promenait à pas lents devant la porte

vitrée par laquelle il venait d'entrer au salon.

Le baron d'Alvimar allait se retirer, quand M. de Chavailles lui dit d'un ton affectueux :

— Donnez-nous encore un instant, monsieur le baron. Un mariage a besoin de témoins, et l'accord que nous allons prendre en ce moment en étant la partie la plus importante, ce sera un bonheur pour nous de vous y voir assister, vous qui avez paru ici comme le courtois chevalier et le libérateur de notre jeune fiancée.

D'Alvimar répondit à cette gracieuse demande en s'inclinant et en demeurant à sa place.

Isaure, que ce moment jetait dans un

timide embarras, demeurait debout et
parraissait s'occuper à ranger les cartes et les jetons de la table de piquet,
restée à l'entrée du salon.

D'un côté d'elle, était d'Alvimar,
assis devant un fauteuil, et séparé seulement de la jeune fille par un piédes-
tal surmonté d'une urne antique; de
l'autre, David appuyé contre la glace
de la porte et la tête baissée.

Le jour tombant à peine, on n'avait
pas encore éclairé le salon; les deux
bougies placées sur le bureau n'étendaient leurs rayons que dans un cercle
étroit, et laissaient presque entièrement
dans l'ombre la partie de la pièce où
se trouvaient Isaure, le jeune Marillac
et le baron d'Alvimar: on ne pouvait

donc voir les impressions diverses qui
passaient sur leurs visages; d'ailleurs
M. de Chavailles et le père Dominique
ne les observaient pas, occupés qu'ils
étaient à parcourir encore du regard
les papiers posés devant eux.

— Il ne reste plus, dit le comte de
Chavailles, qu'à fixer le jour de la cérémonie conjugale.

— Monsieur de Marillac espère,
ajouta le père Dominique, qu'elle
pourra avoir lieu dans la quinzaine.

— C'est à ma chère Isaure à décider
de cela, reprit le comte ; ses moindres
désirs ont toujours eu droit de maî-
trise dans la maison de son père, et
celui-ci plus que tout autre doit être

respectée. Fais-nous donc connaître ta volonté, mon enfant.

La vive émotion que la jeune fille venait d'éprouver un moment auparavant avait passé dans son âme comme un rayon lumineux et brûlant ; mais elle ne pensait pas que cette sensation nouvelle dût rien changer au cours positif de sa vie. Elle était prête à condescendre au vœu que M. de Marilllac avait exprimé par son interprète, et à engager sa parole pour l'époque indiquée, quand d'Alvimar se pencha près d'elle ; et, derrière le grand vase antique qui cachait ce mouvement aux regards, il lui dit à voix basse :

— Au nom du ciel, différez ce mariage !

I.   14

Isaure tressaillit : l'espèce de domina-
tion que cet homme, si étranger jusque-là, semblait vouloir s'arroger lui
révéla une partie du danger qui l'enveloppait, et blessa instinctivement sa
fierté. Elle allait pour toute réponse se
hâter de fixer le jour de son union
avec le jeune de Marillac.,, mais dans
son léger mouvement de surprise, elle
avait laissé tomber son mouchoir : David se baissa pour le ramasser, et en
le lui rendant il resta une minute à
demi prosterné devant elle ; dans cette
position, il lui dit précipitamment :

— Isaure, vous savez si je vous
aime !... Dieu le sait encore mieux
que vous ! et cependant... il le faut !...
je vous demande comme une grâce de

retarder mon bonheur, de différer ce mariage.

La jeune fille mit la main sur son front : elle croyait rêver. Il lui sembla en ce moment que d'Alvimar avait la puissance de soumettre son rival lui-même à sa volonté; il en acquit à ses yeux un prestige surnaturel, et la surprise la tint un instant immobile et palpitante.

— Eh bien! mon enfant, tu ne réponds rien? dit M. de Chavailles.

Après quelques minutes d'hésitation, elle répondit d'une voix altérée :

— J'aurais désiré avant un moment aussi solennel passer quelques jours de retraite dans le couvent des Urselines, où j'ai été élevée.

Il n'était pas dans le caractère de son père de s'opposer à ce désir ; d'ailleurs, il eût craint de blesser la délicatesse de cette jeune âme en insistant sur un pareil sujet.

Il fut donc décidé que la cérémonie nuptiale n'aurait lieu que dans un mois, afin de laisser à Isaure le temps de remplir ses pieux devoirs. Et on se sépara.

LE CAMP DE MANDRIN.

V.

La côte de Saint-André, au centre
des monts les plus inaccessibles du
Dauphiné, était encore entièrement inconnue à l'époque où nous nous trou-

vons, et nul pas humain n'avait jamais pénétré dans ces vastes solitudes.

D'un côté étaient d'immenses forêts de chênes et de sapin, pavoisées de lianes qui enlaçaient les troncs d'arbres et déroulaient leur épais tissu dans des profondeurs remplies d'éternelles ténèbres ; de l'autre s'étendait le chaos formé par des montagnes écroulées dans un éboulement volcanique où se trouvaient mêlés, dans un hardi et magnifique désordre, des roches élancées, des pics incommensurables, de larges glaciers, des gouffres sans fond ; au-dessus régnait un formidable dôme de neige, dont l'éternelle blancheur était coupée de cercles noirs par les ailes de l'aigle tournoyant.

Les ours, les loups, les sangliers avaient leurs antres dans ces profonds déserts ; l'ouragan y promenait un long tonnerre ; les avalanches bondissantes mêlaient leur bruit au fracas de l'orage ; et cette tempête continuelle imprimait partout son sceau fantastique et terrible.

C'était là que Mandrin avait établi son camp.

La partie qu'il occupait dans cette immense chaîne se nommait le *Mont-Désert.*

Au centre était la grotte qui servait de demeure au capitaine ; près de là étaient les souterrains où se fabriquait la fausse monnaie ; tout au tour, les divers emplacements dans lesquels les soldats de la troupe se livraient à leurs occupations journalières.

Dans une large clairière, pratiquée par la hache dans un bois de chênes, étaient rangés de nombreux tas de feuilles sèches qui servaient de lits, les bandits les remuaient avec des fourches, et rangeaient dans des coffres leurs habits bigarrés de formes et de couleurs différentes, selon les pays où ils avaient été volés.

Non loin de ce dortoir, sur un plateau semé de pierres calcaires dont les creux servaient de fourneaux, des hommes, à qui ce soin était confié, pétrissaient le pain, tiraient le vin des amphores, et sur des pierres plates, percées pour laisser couler le sang, égor-

geaient et dépouillaient des ours, des
daims, des aigles, des chamois ; comme
autrefois dans des solitudes pareilles, et
sur des tables de pierres semblables, les
Druides immolaient les victimes humaines.

Puis, d'un autre côté, auprès d'une
cascade tombant de cent pieds de hauteur, étaient des forges, des enclumes,
des masses de fer brut ; là, d'habiles
ouvriers fabriquaient des armes, les
coulaient, les ciselaient en aiguisant sur
la roche blanche et polie les lames
étincelantes, en chantant en chœur leur
chanson de guerre, accompagnés par
le fracas des blocs de neige qui se détachaient des sommets nus, bondissaient

dans l'espace pour ravager les terrains plus fertiles sur leur passage.

Sur des poteaux, aux quatre coins du camp, était affiché le règlement de cette société sauvage. Chaque numéro indiquait un des titres exigés pour en faire partie. Le premier, et le plus indispensable, était d'avoir été au moins une fois condamné à être pendu ou fusillé, afin que le camp n'abritât dans son sein que de vrais et fidèles ennemis du genre humain. L'esprit de justice, le sentiment de fraternité se montraient dans ce code d'une manière un peu brutale : tout homme de la troupe blessé au visage, et par-là exposé à être reconnu et arrêté, devait être tué. Si l'un des voleurs était sous la main de la justice, tous devaient se réunir pour l'en tirer au péril de leur vie; mais, revenu au camp, on examinait sa conduite, et s'il avait montré quelque faiblesse, sa tête tombait aussi promptement que s'il fût resté entre les mains du bourreau.

Le drapeau de l'armée la nappe rouge cantonnée d'azur, flottait à l'entrée du camp. Le signe symbolique par lequel les soldats de Mandrin prétendaient exprimer la pensée de leur association était un gibet supportant le corps du dernier brigadier tué de leurs mains, et placé entre l'étendart du camp et un trophée d'armes. Le squelette se balançait au vent âpre de la montagne, entouré d'un nuage

de corbeaux qui, en s'éloignant, en
emportaient les derniers débris.

Dans cette enceinte les hardis compagnons pouvaient se livrer sans réserve
à leurs bruyants travaux, à leurs jeux
bizarres, à leur ivresse désordonnée. Le
monde était loin d'eux; les fracas des
avalanches brisées à tous les angles de
rochers, les roulements sourds et perpé-
tuels du vent dans les glaciers, les raffa-
les plus éclatantes qui complétaient cette
harmonie sauvage, couvraient tous les
bruits du camp. Les environs en étaient
inaccessibles : on y voyait que des bois
massifs, des ravins, des fondrières, des
marécages, un immense pêle-mêle de gigantesques créations. Pour le franchir,
il n'existait que d'étroits sentiers cachés

sous des troncs d'arbres, percés dans
des rochers, jetés sur des précipices, et
praticables seulement pour les bêtes
fauves et pour les hommes à qui la
nature avait donné leurs pieds agiles,
leurs forces nerveuses, leur instinct in-
dépendant et féroce.

Depuis les premiers jours du monde
ces monts renouvelaient leurs neiges,
ces forêts vierges leur feuillage, sans
qu'un regard les eût aperçus, sans
qu'un pied les eût foulés, sans qu'une
pensée eût songé à les défricher. Les
brigands avaient trouvé ce désert,
ils s'y était établis; et le vent de la liberté sauvage, en allant d'un sommet
inaccessible à un abîme sans fond, traversait leur âme.

Le capitaine Mandrin était assis sur
un bloc de granit, à l'entrée de sa grotte
et dans une attitude pensive.

Outre les principaux chefs qui, réunis
sous un arbre, réglaient leurs plans de
campagne, quelques personnes seulement restaient isolées des groupes des
travailleurs et livrées à elles-mêmes.

Le premier de ces personnages était
un homme d'une stature colossale, qui,
en aucun lieu, en aucun temps, ne s'é-
loignait de son capitaine. Serviteur
fanatique de Mandrin, dévoué à lui
corps et âme, il couchait la nuit à la
porte de sa caverne, marchait à ses
côtés dans toutes les excursions, toujours
prêt à lui faire un rempart de son
corps ; il semblait n'être venu au monde

que pour suivre son capitaine, le dé-
fendre et mourir pour lui.

Ce qu'il aimait le plus au monde
après son chef, c'était un petit enfant
de dix-huit mois, que lui avait laissé
en mourant une jeune femme de la
race des bandits comme lui. Il venait
de le coucher dans les lianes entrelacées
qui lui servaient de berceau sous un
dôme fleuri de maronniers, et balançait doucement la mobile nacelle, en
chantant à voix basse les sons doux et
languissants qui amènent le sommeil.

C'était un contraste étrange de voir
ce rude et formidable brigand, à la figure basanée, cicatrisée, balafrée, à
l'énorme crinière, aux moustaches et
à la barbe faites de poils de sanglier,

s'adoucir, se plier aux soins d'une mère qui veille sur un nouveau-né, de voir ce regard d'amour tombant de ces yeux fauves hérissés de noirs sourcils, ces rayons de joie pure errants sur cette sombre face, d'entendre cette voix rude balbutier une mélodie délicate et tendre.

Il est de ces cœurs vivaces qui font toujours sentir leurs battements dans quelque étouffante atmosphère qu'ils soient placés ; celui de Bruneau, surnommé Grand'-Moustaches, était de ce nombre, et il éprouvait un bonheur indicible à bercer et endormir son petit brigand de dix-huit mois.

La seconde personne demeurée non loin de Mandrin, était une jeune fille

d'une beauté vierge, d'une fraîcheur
d'enfant. Elle portait le costume des
montagnardes du Dauphiné, une robe
de laine bleue, bien collante, comme
celles qu'on voit aux saintes dans les
anciennes peintures de chapelles, une
cornette attachée sous le menton, et
un grand chapeau rond par-dessus.

Assise dans le creux d'un rocher
pour s'abriter du vent, elle tenait sur
ses genoux le sabre du capitaine, dont
elle venait de nettoyer et de lustrer les
fines ciselures, et semblait se mirer
dans sa large lame pure comme l'onde.

Deux hommes de la troupe passaient
près d'elle.

—Tu peux te regarder, va, Lolotte,

dit l'un d'eux, tu es toujours aussi ver-
meille et aussi gentille.

Elle leva sur lui le plus limpide regard, et répondit :

— Capitaine Mandrin... capitaine...

— Elle ne te comprend pas, dit le
second bandit.

— C'est vrai, la pauvre idiote !...
Et voilà pourquoi ces gens-là sont toujours si frais et si bien portants; point
de pensées, point de soucis, point de
mauvais sang ! chaque jour leur fait de
la santé.

Elle leva encore une fois la tête, et
répéta avec un beau sourire d'enfant :

— Louis Mandrin... capitaine...

— Voilà pourtant deux ans qu'elle
nous chante la même chanson !.....

Nous le savons bien qu'il est capitaine.
Est-ce que c'est toi par hasard qui l'a
fait capitaine, pour vouloir nous l'apprendre.

— C'est si bête, les idiots !

— Et dire que Dieu aime ça, et les
protége, et punirait ceux qui leur fe-
raient du mal; il a un drôle de goût,
le bon Dieu, tout de même!

— Pas si drôle... il y a dans ces
êtres-là quelque chose d'extraordinaire,
vois-tu. Où en serions-nous maintenant,
si l'année passée nous n'avions eu cette
fillette avec nous.

— C'est pourtant vrai... cette petite
tête, qui n'a pas plus de cervelle qu'une
linotte a sauvé tout un camp de braves
soldats.

— Tiens, c'était précisément dans ce mois-ci, au cœur d'une nuit d'orage, et nous dormions profondément, quand nous avons entendu ce coup de feu partir dans la forêt...

— Et en courant au bruit, nous avons trouvé un de nos camarades étendu raide mort dans le bois... et rien de plus..... personne autour de lui qui pût avoir fait le coup... Et puis un peu plus loin nous avons découvert Lolotte fourrée dans les broussailles, qui tenait encore la carabine avec laquelle elle avait tirée, et qui disait de sa voix si gentille :

Le loup... le loup... tué le loup.

— Nous voulions la battre, la pauvre petite, mais le capitaine l'a défen-

due ; et en dépouillant notre camarade
pour l'enterrer, nous avons trouvé sur
lui cette fameuse lettre...

— Qui prouvait que le gueux, le
traître, avait fait un marché avec les
gens de justice et allait nous vendre,
moyennant qu'il aurait la vie sauve et
une bonne récompense.

— Tu vois bien que ces idiots, qui
ne disent pas un mot de raison, ont
parfois le don de seconde vue, et qu'il
faut les respecter.

Charlotte était en effet une pauvre
fille privée de raison, qui s'était attachée aux pas de Mandrin lorsque celui-
ci, sur les limites de la Franche-Comté,
avait quitté les contrebandiers dont il
faisait partie pour se former une bande

à lui, et l'avait suivi dans toutes ses excursions avec la fidélité intelligente et tendre d'un chien.

Au milieu de son idiotisme complet les seules lueurs d'esprit qu'elle laissàt voir s'appliquaient au service du capitaine. Elle avait soin de ses armes, de ses vêtements ; elle donnait plus de recherche aux mets substantiels, mais grossiers, qu'on préparait pour sa table ; grâce à elle, la caverne dans laquelle se retirait Mandrin, tandis que ses soldats couchaient à la belle étoile, avait l'apparence d'une tente royale.

Charlotte étendait ses soins plus loin encore : un admirable instinct lui faisait deviner la situation d'âme du capitaine ; s'il était triste et soucieux, elle

chantait doucement près de lui une
des longues et poétiques ballades de
son pays, et la voix de la jeune fille
était si pure, si mélodieuse, qu'il
était rare que le nuage amassé sur le
front du chef de brigands ne s'évanouit
pas à cette naïve et suave musique.

Mais le peu d'intelligence de Lolotte,
qui n'était qu'un caprice de la nature
dans ce cerveau malade, se bornait
uniquement au service de Mandrin. Les
principaux chefs de la bande avaient
essayé plusieurs fois de lui apporter
leurs cravates de mousseline à blan-
chir et leurs épées à nettoyer : elle
avait déchiré les dentelles en jouant
comme un jeune chat aurait pu le faire,
et, frappant le roc de la pointe des

épées, elle les avait brisées et jetées là,
en répétant le mot qui était son seul
langage ;

— Capitaine Mandrin... capitaine !

Parmi les personnes qui se détachaient de la masse des soldats, nous
ne parlerons guère du pauvre Durosier, si dépareillé dans cette enceinte
guerrière.

Ce brave jeune homme jouissait à
Clermont d'une grande réputation dans
l'état de coiffeur, et Mandrin l'avait
fait enlever et transporter dans son
camp, afin d'avoir toujours sous sa
main un perruquier habile qui pût le
coiffer à la mode du temps.

Durosier, qui avait si chèrement
payé sa gloire, jouissait cependant

d'une existence assez douce parmi les
brigands.

On lui laissait volontiers une liberté
dont il lui était impossible de profiter
pour s'évader. D'abord il croyait que
les bandits alliés du démon le rete-
naient au milieu d'eux par une puissance surnaturelle; ensuite n'étant jamais sorti de l'enceinte de Clermont,
il y avait pour lui dans les aspérités de
cet âpre désert des barrières infranchis-
sables, il n'aurait jamais osé poser le
pied sur un glacier, et serait tombé
en franchissant le moindre fossé.

Aussi s'était-il fait dans le repaire
des voleurs une vie toute bourgeoise.
Les parties fertiles de la montagne, par
opposition aux sites affreux qui les en-

vironnaient, offraient tous les charmes
d'un jardin : c'était là que Durosier,
aussitôt la toilette de son maître terminée, allait se promener les mains derrière le dos. Dans les jours froids il al-
lumait un bon feu, devant lequel, il se
chauffait, les pantoufles aux pieds et
les mains dans les poches, se conten-
tant de faire un signe de croix à chaque
brigand qu'il voyait passer près de lui.

Dans la partie de la montagne occupée par les contrebandiers se trouvait
la source qu'on a nommée depuis *Fon-
taine-Ardente* (*). C'était près de là
qu'on voyait sans cesse, isolé et sou-

---

* Cette source sort d'une excavation peu profonde, l'eau qui
en découle bouillonne constamment lorsqu'on remue la vase ;
il s'en élève des colonnes de flammes ; après les nuits d'été, la
source produit même spontanément des flammes qui ont jusqu'à
trois pieds de hauteur.

cieux, le nommé Fauster, grand maigre, plutôt rouge que blond, et n'ayant
d'autre couleur sur sa mine blafarde
que les taches rousses abondamment
jetées par le soleil. Personne ne l'aimait dans le camp.

Ses habitudes de sauvagerie et de so-
briété faisaient injure aux camarades ;
et puis, quoique entré jeune homme
chez les contrebandiers, il était fils d'un
brigadier de maréchaussée, la race la
plus antipathique aux voleurs.

Mais de certaines qualités le rendaient très-utile à la troupe ; nul ne
possédait aussi bien que lui la topogra-
phie des sentiers détournés, des gués
de rivières, des défilés inconnus ; nul
ne savait aussi bien passer les mar-

chandises, faire faire de fausses courses
aux employés, éviter les brigades, quand
on n'était pas assez fort pour les attaquer en face : et quoiqu'il y employât
plus de ruse que de bravoure, il menait
toujours à bien ses entreprises. Le capitaine, qui appréciait ses services, lui
avait donné plusieurs grades dans sa
troupe, et les soldats étaient forcés de
reconnaître qu'il les méritait par ses
talents.

Cependant, quand ils le voyaient
ainsi pensif, fumer sa pipe pendant de
longues heures sous des noirs sapins, au
bord de cette fontaine sur laquelle vol-
tigeaient des flammes, ils disaient que
Fauster entrerait bien vite en enfer

par cétte porte, s'ils suffisait de leurs
vœux pour l'y pousser.

Maintenant venons au prince de ce
sauvage royaume.

Ce terrible chef de brigand, que dans
toute la contrée on croyait un monstre
effroyable de vices et de laideur, était
un beau jeune homme de vingt-six ans,
d'une taille élevée et élégante, d'une
figure parfaitement régulière; il avait
de longs cheveux noirs ondoyants sur
un front d'une éclatante blancheur,
d'admirables yeux bleus voilés de cils
noirs, des formes souples et gracieuses,
une main d'une distinction parfaite (*).

Le courage militaire qu'il avait dé-

---

* Tous les documents qu'on possède sur Mandrin attestent
les avantages physiques dont il était doué. Voir son signalement
aux pièces du procès,

ployé pendant les premières années de
sa jeunesse, dans l'armée d'Italie, donnait à sa physionomie une audace franche et noble qui appartenait mieux à
un loyal chevalier qu'à un voleur de
grands chemins; un esprit naturel animait en même temps ses traits et ache-
vait de leur donner l'expression la
plus séduisante.

Assis, comme nous l'avons dit, sur
un banc de granit à l'entrée de sa caverne, il portait un habit bleu à la fran-
çaise, simplement galonné d'argent, et
un beau manteau noir garni de four-
rure.

La pose penchée de sa tête, le gon-
flement des veines de son front, la légère teinte de pâleur répandue sur ses

traits, l'immobilité de son attitude,
tout annonçait qu'il était livré depuis
quelques instants à cette méditation
profonde dans laquelle on le voyait avec
étonnement plongé depuis plusieurs
jours. Une de ses mains servait de point
d'appui à son front ; l'autre soutenait
encore contre son genou la tige d'une
magnifique pipe d'ambre, dont le foyer
éteint laissait évanouir dans l'air son
dernier flot de vapeur ; sans cet acces-
soire, qui était pour ainsi dire l'attri-
but du contrebandier, Mandrin eût
plutôt ressemblé à un souverain dans
sa cour qu'à un chef de bandits au milieu de son camp.

Derrière lui, la portière soulevée laissait voir l'intérieur de sa grotte.

C'était un souterrain creusé irrégu-
lièrement dans la montagne, arrondi
dans le haut, et prenant jour par une
ouverture naturelle creusée dans le
roc.

La muraille était tendue de damas et
ornée avec goût de ce que les bandits
avaient enlevé de plus précieux dans
leur butin. Deux lances du plus beau travail, croisées à la pointe, soutenaient des
rideaux brodés de fleurs d'or sur un
lit de même étoffe; près de là, était
une riche toilette, couverte de linge
d'une finesse extrême, et de précieuses
essences; aux parois se voyaient sus-
pendues des glaces de Venise, des armes magnifiques, des pipes orientales;
de toute part se répandaient des vases

du Japon, des urnes garnies de fleurs,
des cassolettes de parfums; de la voûte
descendait une lampe de vermeil,
chef-d'œuvre enlevé à quelque saint
temple, qui éclairait maintenant la caverne de brigand.

Mandrin se leva et approcha de ses
lèvres ce petit sifflet d'argent qui appartenait autrefois à la noblesse, et qui fut
depuis entièrement affectée aux voleurs.

A la même minute, toute sa troupe
se trouva rangée autour de lui.

—Voici l'ordre du jour, camarades,
dit-il, il s'agit de l'exécuter à l'instant
même. Nous avons dans les souterrains
à peu près pour 200,000 livres de

fausse monnaie; nous avons pendant quatre années travaillé a établir des forges, des creusets, des balanciers pour renouveler et perpétuer ces richesses. Vous allez prendre ces 200,000 livres et les jeter dans le gouffre qui est à l'entrée des cavernes; vous allez prendre des marteaux, briser en mille éclats les instruments qui nous servaient à la fabrication de ces espèces, et en précipiter les fragments dans l'abîme, afin que jamais une nouvelle pièce de fausse monnaie ne soit battue par nos mains.

A ces mots, l'étonnement changea tous les soldats en statues, sur les visages desquelles la stupeur était peinte; mais pas un murmure ne sortit de

leur bouche, pas un signe de mécon-
tentement n'osa se montrer sur leurs
traits.

Le capitaine satisfait de cette sou-
mission, ajouta :

— Écoutez, mes amis, ce qui m'a
été suggéré par de longues réflexions.
Nous avons pris ces armes, nous sommes
venus sous ce drapeau parce qu'il n'y
avait pas d'autre place pour nous sous
le soleil. Nous n'étions pas au nombre
de ceux qui possèdent, et nous ne voulions pas être possédés ; il nous convenait mieux d'acheter le pain de chaque
jour par quelques gouttes de notre sang
que par le travail de l'esclave envers
le maître. Mais ceux qui n'ont pas eu
la force de s'arracher à cette chaine,

les pauvres, les malheureux sont toujours nos frères.

— Oui! oui!

— Eh bien, compagnons, avec la
fausse monnaie que nous répandons
dans les villes et les campagnes, nous
volons au hasard; nous jetons ces pièces
brillantes et menteuses dans la foule, et
le malheur les distribue à son gré au
riche et au misérable.

Souvent, grâce à ces espèces sans
valeur, un pauvre cultivateur, une
pauvre fileuse de-laine, ont vu le prix
de leur journée s'évanouir comme une
bulle de savon, et sont allés se coucher
avec la faim. C'est comme si nous al-
lions au combat les yeux bandés et

frappions au hasard ce qui est devant
nous.

— C'est vrai, ça !

— Sommes-nous donc comme la
peste, la famine, l'inondation, un
fléau stupide et machinal, qui détruit
dans le seul but de détruire et dévore
le juste en même temps que le coupable?

Le lieutenant prit la parole pour la
troupe :

— Non, capitaine, nous voulons
seulement prendre à ceux qui ont trop,
et punir l'insolence des riches par quelque petite malice, telle que d'allumer
leur maison un peu plus qu'il ne faut
pour y voir clair, ou d'envoyer ceux

qui aiment la bonne chère souper avec Satan.

— Alors, mes enfants, il faut nous en tenir au vol de grand chemin et à la contrebande. Là, vive Dieu! nous combattons à armes égales! le fort contre le riche, le brave contre le puissant.

Notre ennemi c'est l'ennemi du peuple; point de quartier! Nous reprenons au financier les richesses qu'il vient de voler à l'État, les deniers qu'il vient de voler au pauvre ouvrier, si bien que la pièce d'or, enlevée aussitôt que reçue, semble une flamme d'enfer, qui n'a fait que passer dans sa poche pour le brûler en chemin.

— Oui! oui! guerre aux traitants,

aux fermiers-généraux ! Sac et flamme
aux maisons des grands !

— Et paix à la chaumière ! Adieu à
la fausse monnaie qui la ruine !

— C'est cela ! et vive le capitaine !

— Allons, enfants, à l'ouvrage ! le
souterrain est plein d'écus et de ducats, que dans un quart d'heure il n'en
reste pas vestige !

Un rugissement à faire trembler la
montagne se fait entendre en guise d'ap-
probation, et les bandits se précipitent
vers la caverne.

Ils se rangent en chaîne, du fond
des sombres cavités au bord du préci-
pice ; les sacs d'argent passent de main
en main ; les pièces fraîchement mon-
noyées et toutes brillantes au soleil jail-

lissent, tournoyent comme une cascade étincelante et vont disparaître dans le gouffre. Les mille instruments de fer, de cuivre, d'airain, qui les fabriquaient, sont mis en pièces; leurs lambeaux roulent avec fracas de rochers en rochers et grondent encore dans l'abîme.

Les travailleurs détruisent, en riant et en chantant, ce qui leur a coûté tant de nuits et tant de fatigues à édifier. Et la bruyante cérémonie est terminée à la minute précise que le capitaine avait indiquée.

Après cela, les compagnons s'en vont tranquillement, et en s'essuyant le front, boire un tonneau ou deux pour se rafraîchir.

Comme ils défilaient sur le plateau,

en regardant d'un côté où un rempart
naturel de rochers bordait la pente ar-
due de la montagne, on vit poindre à
l'horizon un capuchon de laine brune,
puis un visage gras et frais puis une figure de moine toute entière portant la
besace à l'épaule, la gourde à la cein-
ture, le bâton blanc à la main et les
sandales aux pieds.

— Ah ! voilà le père Gaspard, dirent
en chœur tous les brigands ; nous allons
rire ! nous allons rire !

En effet, le frère capucin montrait
déjà sa bonne figure réjouie au milieu
des bandits.

LE CAMP DE MANDRIN. (Suite).

VI.

Avant d'assister à la visite faite par
le franciscain aux habitants de la côte
Saint-André, nous allons expliquer
comment le bon moine venait de si
loin pour se mêler à cette étrange com-

pagnie, et, pour cela, rendre compte des réflexions qu'il formulait dans son esprit en arrivant en cet endroit.

Comme il l'avait dit lui-même au vétéran, son vieil ami, le moine franciscain avait eu la vie sauvée par le capitaine Mandrin; ensuite il l'avait rencontré quelquefois dans les longues courses qu'il faisait pour ses quêtes, et, familiarisé avec les brigands, il s'était arrêté parfois au milieu de la bande.

Or, depuis ces événements, le moine consciencieux trouvait un grand changement dans son for intérieur; il ne se reconnaissait plus, et voici le colloque qu'il avait souvent avec lui-même, et particulièrement tout-à-l'heure en gravissant, à l'aide de son bâton, les sen-

tiers escarpés du Mont-Désert où la solitude le laissait tout entier à ses pensées :

— Tu ne peux pas te le dissimuler,
père Gaspard, toute ta bonne nature
s'en est allée pour faire place aux tentations continuelles du mauvais esprit.
Autrefois tu buvais honnêtement ce
qu'il faut pour soutenir les forces de
la pauvre nature humaine ; à présent,
tu n'es pas content que cette diable d'i-
vresse ne te frétille dans le cerveau.....
Tu jures à tout propos... Quand tu
parles à tes chers frères de la communauté, ne t'est-il pas arrivé de les
appeler *camarades!*... Tu fumes en ca-
chette des pipes à faire trembler... Et
ce n'est pas tout encore ! Autrefois,
quand tu passais près d'une femme, tu

baissais les yeux du plus loin que tu la voyais, comme tout bon religieux doit le faire; maintenant, quand tu aperçois une jolie fillette, une appétissante petite femme.... tu ne peux pas te le dissimuler!... père Gaspard tu ne peut pas te le dissimuler.

Or, si cela durait, tu serais damné comme le dernier des païens..... Heureusement, il y a du remède. Il y a du remède, puisqu'on connaît la cause du mal, et la voici :

Ce diable de Mandrin t'a sauvé la vie : sans lui tu serais mort, c'est certain; tu n'as donc maintenant que la vie qu'il t'a donnée; or, comme chacun ne peut donner que ce qu'il a, cette vie, cette âme que tu tiens de lui est infernale et possédée de tous les diables. Il faut donc qu'il soit converti, qu'il revienne à Dieu, et que, par une conséquence naturelle, l'âme qui habite en toi, et est une partie de la sienne, venant alors d'une source plus pure, soit débarrassée de tout son limon.

Et c'était d'après ce raisonnement judicieux que le père Gaspard courait partout après Mandrin pour le convertir.

Sa présence amusait beaucoup les contrebandiers, et nous venons de voir qu'ils l'accueillaient en battant des mains et en se réjouissant de la bonne soirée qu'ils allaient passer avec lui.

— Bonjour, capitaine, dit le moine à Mandrin; je viens vous voir.

— Tu viens me prêcher.

— Je veux vous convertir.

— Tu arrives à point; je viens de faire détruire les ateliers de fausse monnaie, et je renonce à cette coupable in-industrie.

— Ah ! enfin !... est-il bien vrai ?...

— Rien n'est plus vrai. Je ne veux plus que dévaliser les provinces, brûler et piller les villes qui se trouveront sur mon passage.

— Cré coquin, la jolie conversion ! C'est égal, je ne perds pas espoir de vous ramener à Dieu.

— Nous aurions plutôt fait d'emmener au diable tous les moinillons de ta communauté.

— Ah ! ah ! vous l'entendez, père Gaspard, dirent en riant les bandits.

Le moine tourna vers eux sa mine
joviale :

— Vous, les amis, dit-il, vous pouvez allez vous faire pendre, je vous l'ai
dit, ça m'est égal. Vous êtes une nichée
de vipères, une famille de loups garoux,
un assemblage de tous les plus mauvais
drôles qui aient jamais vécu sous la ca-
lotte du ciel. Vous êtes une franche
canaille qui ne rêvez que bataille et ri-
paille, de vrais païens qui vivez en vau-
riens et mourrez en chiens ; j'en suis bien
aise. Vous ne pensez qu'à tuer, voler,
piller les jours d'œuvre comme les di-
manches ; ça vous convient, à la bonne
heure. Vous allez bien dans les églises,
c'est vrai ; mais est-ce pour prier, vous
confesser, vous marier ? le plus souvent,

c'est pour rire, jurer, prendre ce qui vous convient ; c'est pour voler Dieu, couper la bourse de la sainte Vierge, mettre les vases, les flambeaux, les saints-ciboires, les tabernacles, l'église tout entière dans vos poches.... C'est bon : quand vous serez morts, on vous l'ouvrira l'église ; comptez là-dessus !

— Va ! va ! dis toujours, père Gaspard.

— Je sais bien que vous ne vous en souciez guère, fiers-à-bras, brise-fers, Philistins. Vous ne pensez qu'à mener joyeusement la vie ; mais attendez un peu. Croyez-vous donc que le bon Dieu se cache dans un trou comme un hibou, qu'il ait perdu ses comètes ou cassé son tonnerre ? c'est qu'il ne veut

pas s'en servir avec vous, vermisseaux
que vous êtes ; mais un de ces jours, il
vous enverra ses anges exterminateurs
sous l'habit de cavaliers de maréchaus-
sées, et ils vous emmèneront devant les
juges de la terre. Alors, vous mourrez
trois fois : savoir au poteau, puis sur
la roue, puis au gibet. Le hibou fera
votre oraison funèbre, les corbeaux vos
funérailles, et l'enfer votre éternité.
Bien du plaisir, et bon voyage !

Puis le bon père ayant dit leur fait
aux brigands, pour l'acquit de sa con-
science, s'arrêta et reprit bruyamment
haleine.

— Père Gaspard ! père Gaspard !
criaient à l'envi les compagnons, venez
donc vider une cruche avec nous ; vous

nous conterez en fumant une de ces
histoires de vierges et de martyrs qui
sont si drôles.

— Paix! paix! ne me tentez pas,
pharisiens.

— Bah! une fois de plus ne compte
pas.

— Eh bien!... en partant... nous
verrons. Il faut d'abord que je parle
au capitaine.

En disant cela, il se dirigea vers l'endroit où il pensait trouver Mandrin,
qui s'était éloigné pendant son sermon.

C'était sous un petit dôme de ro-
caille, attenant au rocher, et d'où pen-
daient jusqu'à terre les tiges écheve-
lées du lierre et de la clématite fleurie.
Sous ces réseaux verdoyants et parfumés

de la senteur du feuillage, Mandrin,
abrité du soleil et du bruit, avait repris sa rêverie et laissait errer dans
l'espace son regard perdu et voilé. Il
n'avait entendu aucun mouvement venir à lui, quand il fut soudain éveillé
par ces mots :

— Mon cher frère, il faut enfin
penser à faire une fin et entrer en religion.

— Eh ! va-t-en à tous les diables !
dit-il au père capucin.

Puis il lui tourna le dos, et reprit
sa pose inclinée et ses pensées solitaires.

Le moine, sans s'étonner, s'assit
tranquillement à côté de lui, sur le
banc de gazon, toussa et reprit son
prône.

— Voyez-vous, capitaine, dit-il, on
a plusieurs vies dans une seule ; la Providence l'a arrangé ainsi pour qu'on
goûtât à tous les fruits de l'arbre de
science. . Dans le premier âge, on vit
ordinairement pour le plaisir et pour
la guerre : c'est juste, il faut que la jeunesse jette feu et flamme, et je ne vous
blâme pas d'avoir largement bataillé
jusqu'à présent. Mais ensuite vient le
temps d'une existence plus sérieuse ;
on sent le besoin du repos de la sagesse, on trouve un intérêt puissant à
lire avec les yeux de l'âme dans le
grand livre de l'"humanité : on pense
alors aux affaires de ce monde, et
bien plus à celles de l'autre. Vous êtes
déjà un peu lassé de sang, de rapine,

de carnage; plus tard, cette carrière
ne vous inspirera plus qu'un horrible
dégoût; vous gémirez amèrement de
ne l'avoir pas quittée quand il était
temps; et vous mourrez avec le regret
désolant de n'avoir jamais servi Dieu
et les hommes, de n'avoir jamais vécu
dans la foi et l'amour...

Mandrin leva soudain ses grands
yeux brillants d'une ardente lumière.

— L'amour! dit-il; oui, on connaît l'amour dans le monde où vous
vivez tous : on respire l'air où habi-
tent les femmes; on peut sans crainte
arrêter son regard sur celle qu'on pré-
fère, lui parler le front haut et à visage découvert; on a un nom honorable à lui offrir, une main pure à

mettre dans la sienne... On peut aimer là-bas !

Et il jeta un regard aux dernières limites de l'horizon.

Le capucin continua :

— Voyez pourtant quel bel exemple ce serait donner à toute la contrée que celui du fameux chef de brigands qui faisait tout trembler au seul nom de Mandrin, qui mettait des troupes en fuite en montrant le bout de son panache, et qui viendrait maintenant, tout fraîchement converti, tout jeune dans l'église, pur comme un adolescent à sa première communion, se mettre à deux genoux devant le Christ et la Vierge Marie...

— Oui, dit Mandrin, dont les pen-

sées s'attachèrent encore à ce mot, je sens
qu'un homme, quelque puissant et
redoutable qu'il soit, peut se proster-
ner devant une Vierge céleste. Je sens
que celui qui ne craint ni lois, ni justice, ni princes, ni dieux, qui est ac-
coutumé à commander, à gouverner,
à se faire redouter à l'égal du tonnerre,
peut déposer sa force et toutes ses
grandeurs devant une grandeur plus
sublime, la pureté unie à la beauté, et
s'agenouiller devant une femme...
comme vous le dites, mon père.

— Moi! je ne vous ai, pardieu,
point parlé de cela! je n'ai fait men-
tion, dans mon discours, que de la
sainte Mère de Dieu!

Le capitaine n'entendait déjà plus ce
que lui disait le père Gaspard.

Depuis le moment où le chef des
contrebandiers et le frère de Saint-
François avaient commencé cette con-
férence, le feuillage qui les enveloppait
s'était souvent entr'ouvert, quoiqu'il
n'y eût pas un souffle de vent, et si
le prédicateur n'avait pas été si fort
entraîné par son éloquence, et le
disciple si fort captivé par ses pensées,
ils auraient pu entendre souvent,
derrière la cloison de verdure, une
haleine haletante et entrecoupée
comme celle qui s'exhale dans une
extrême attention.

Cependant le révérend père avait

repris son accent onctueux et continuait son homélie.

— Je sais bien, disait-il, qu'il est
difficile de renoncer d'un jour à l'autre à Satan et à ses œuvres; mais si
vous vouliez seulement prendre ce
chapelet qui a été béni par le Saint-
Père, et le dire dévotement soir et
matin, la grâce viendrait comme par
miracle, et vous brûleriez alors d'accomplir la pénitence qui pourrait vous
remettre entre les mains de Dieu. Car
il s'agit pour vous, mon fils, d'une
conversion exemplaire. Quand on est
sorti des voies de l'humanité pour devenir, non un saint, mais un démon,
quand on a engendré plus de mal à
soi seul que toute la bande des dam-

nés, et fait pleurer la vierge et les anges tant qu'ils ont eu de larmes, il n'y a point de remède à tant de perdition que de prendre le sac et la haire, de se coucher sur le lit de cendre, et de dire le *meâ culpâ* jusqu'aux portes de l'éternité.

Puis il reprit, avec l'éclat de voix qui convenait à la péroraison :

— Oui, j'ose vous demander, mon Dieu, d'accomplir ce miracle! Que celui qui a été le Nabuchodonosor, le Jéhu, le Saül de ce siècle, que le capitaine Mandrin enfin soit désormais le plus humble de vos serviteurs et l'édification du plus saint des couvents!

A ce mot, le capitaine fronça le

sourcil, son œil lança un éclair, et il se leva impétueusement.

— Qui parle de couvent? dit-il. J'espère bien qu'on n'oserait pas prononcer ce mot-là devant moi... C'est toi, vilain moine, qui, rien qu'avec l'odeur de ta robe que tu viens secouer autour de moi, me fait songer à tous ces repaires de mensonge, de grimace, d'impureté, où fourmillent tous ces mauvais moinillons qui ont osé se faire les singes de Dieu... Eh bien, tant pis pour eux que tu m'aies rappelé la mémoire de ces moutiers; je veux les brûler tous jusqu'au dernier... Et toi, va-t-en.

Le bon moine hocha la tête et s'éloigna tranquillement, en disant :

— Ce n'est pas encore pour cette fois; mais c'est égal, je reviendrai.

Il s'acheminait vers la partie du camp où les bandits étaient en récréation, lorsque, à quelques pas de la grotte, et dans un endroit solitaire, il se sentit tiré par sa robe.

Un grand homme, pâle et roux, qui avait suivi ses pas, lui dit en tendant la main :

— Mon père, voulez-vous me donner ce chapelet merveilleux dont vous parliez tout-à-l'heure au capitaine, et qui convertit un homme du soir au matin? Je vous le paierai six ducats de bonne monnaie.

C'était Fauster qui parlait ainsi. Le moine le regarda, fit une petite moue

de dédain, signifiant qu'il ne tenait
pas beaucoup à acheter cette âme-là
au Seigneur. Cependant, il pensa que
six ducats figureraient bien dans sa
besace, et céda le rosaire à ce prix.

L'arrivée du père Gaspard à la récréation des bandits fut accueillie par
de joyeuses acclamations; il s'assit au
milieu des pipes et des cruches de vin,
dans la complaisante intention de con-
ter aux brigands ces légendes religieuses dont ils étaient si fort épris.

Il leur narra donc la longue histoire
de saint Bonaventure, telle qu'il l'a
écrite lui-même après sa mort; leur
fit le récit du glorieux martyre de saint
Denis, qui prit sa tête coupée entre ses
mains, et la porta ainsi jusqu'aux pieds

du Seigneur pour lui montrer ce qu'il avait souffert en son nom ; leur conta le miracle de sainte Geneviève, qui chassa une armée de barbares avec le bout de sa quenouille, et finit par le tableau moral et grivois des tentations de saint Antoine, lequel eut surtout un immense succès.

Mais à chaque saint dont il louait la sagesse et l'abstinence, le verre du moine était rempli et vidé sans qu'il s'en doutât, si bien qu'au dernier martyr il était plongé dans la plus délicieuse extase par les vapeurs du champagne, il chantait des complaintes, auxquelles les bons vivants répondaient par des chansons gaillardes et des pro-

pos de bandits, dont ses chastes oreil-
s'accommodaient encore assez bien.

Enfin , il se remit sur ses jambes le
mieux possible, rajusta ses sandales et
sa besace, quitta la pipe pour le bâton
de voyage, et prit congé des brigands.

Ceux-ci l'accompagnèrent de leurs
salutations amicales.

— Adieu, père Gaspard, disaient-
ils, nous vous donnons notre sainte bé-
nédiction... Revenez vite nous voir.

A quelques pas, le moine aperçut le
capitaine dans le même endroit où il l'a-
vait laissé, et murmura dans sa barbe :

— C'est bon, c'est bon, je reviendrai. Il faut que cela finisse ; je ne veux
pas garder éternellement cette âme de
bandit que tu m'as donnée, et grâce à

laquelle je viens encore de boire et jurer comme un mécréant ; tu te con-
vertiras, mon capitaine, afin que je
sois sauvé moi-même : *amen*.

En cheminant, le capucin passa devant la grotte de Mandrin, en souleva
la portière, et posa furtivement sur le
bureau un petit papier qu'il tenait ca-
ché sous son froc. Puis il reprit le sentier obscur qui, après une longue
marche, devait le ramener aux lieux
habités.

Le soleil était descendu au dessous
de l'horizon, et pour les habitants de
ces contrées sauvages la journée finis-
sait avec lui. On entendit s'éteindre au
loin les mugissements des bêtes fauves
qui se retiraient dans leurs tanières ;

les soldats de Mandrin déployèrent
d'un arbre à l'autre les larges tentes
qui les abritaient dans la clairière de
la forêt, et se couchèrent sur leurs lits
de feuilles mortes.

Bruneau seul, roulé dans un épais
manteau, vint s'étendre sur le roc,
non loin des arbres où son petit enfant
dormait dans son berceau aérien, et à
l'entrée de la caverne de son capitaine.

Deux hommes cependant restaient
encore éveillés.

Fauster était retourné s'asseoir au
bord de la fontaine ardente. Bien sûr
de n'être pas interrompu à cette heure,
il avait déroulé un parchemin sur ses
genoux, et, à la lueur des flammes
qu'exhalait le bassin, il dessinait avec

une attention extrême le plan de la
partie de la côte Saint-André occupée
par le camp de Mandrin, et des para-
ges inconnus qui la rattachaient aux
terres habitées.

Le capitaine lisait et méditait un papier qui avait été déposé dans sa grotte
d'une manière mystérieuse pour lui.
C'était un billet annonçant la décision
que venait de prendre le ministre de
la guerre, d'envoyer un détachement
de troupes royales à la chasse des
contrebandiers qui désolaient le Dauphiné, et contre lesquels la maréchaussée avait vu échouer tous ses
efforts. Suivait l'indication du chemin
qu'allait prendre ce renfort, et du

jour où il pourrait être rendu à sa destination.

Mandrin reçut la nouvelle de ce danger avec un front impassible et un calme de cœur parfait. Il chercha surtout dans son esprit à quel ami inconnu il pouvait avoir obligation de cet avis qui, sans lui causer d'alarme, était très-précieux pour lui. Puis il s'occupa un instant des nouvelles mesures de défense à prendre, d'un meilleur armement à donner à ses troupes, et s'endormit profondément.

Peu à peu la nuit, plus sombre, envahit les côtes gigantesques de la montagne, ses océans de forêts, puis gagna les masses élevées de cette grande solitude, les sommets de neige, les gla-

ciers; les pics de roches nues, et l'im-
mensité des ténèbres cacha tout ce
monde sauvage sous son voile comme
un nid d'oiseau.

Un seul et profond sommeil régnait
dans tout le camp.

La jolie petite idiote prit une lan-
terne sourde, quitta sans bruit la
tente légère qu'on avait dressée à son
usage, et se dirigea d'un pas furtif vers
la caverne qui était la chambre royale
de ce séjour. Elle passa par-dessus le
robuste soldat dont le corps servait de
de rempart à l'entrée de la grotte,
sans qu'il en fût plus éveillé que s'il
eût été frôlé par l'aile d'un oiseau, et
elle entra dans l'intérieur.

Là, posant sa lampe derrière les

épais rideaux du lit, elle avança sur
la pointe du pied jusqu'auprès de Mandrin. Le chef de brigands tenait encore à la main le billet contenant la
nouvelle menaçante dont il avait pris
connaissance; mais il reposait en paix.
Lolotte se pencha doucement sur lui,
posa une main sur son cœur, et leva
les yeux sur une étoile qui paraissait
au bord de l'étroite ogive percée au-
dessus du lit. Dans l'extrême attention
qui l'absorbait, elle sembla compter
les battements du cœur qui était sous
sa main pendant le laps de temps que
mit l'étoile à traverser la petite ogive
pour disparaître de l'autre côté; puis
elle fit un mouvement pour s'éloigner.

Mais, au peu de clarté que la lampe

répandait à travers les rideaux de soie rouge sur le visage de Mandrin, elle vit sa bouche belle et souriante faire quelques légers mouvements, et il en sortit des mots sourds et entrecoupés. Lolotte se mit à genoux sur la peau de tigre étendue devant la couche, et resta là attentive, retenant son haleine, comme si elle eût voulu recueillir ce vague murmure.

Puis lorsqu'il eut cessé, elle se leva et sortit aussi mystérieusement qu'elle était entrée.

LA CONFIDENCE.

VII.

Un mois s'était passé pendant lequel
le baron d'Alvimar était revenu souvent
à l'hôtel de Chavailles. Le maître du
logis ne pouvait qu'être flatté de sa
présence : on savait, par la voix publi-

que, que ce jeune homme appartenait
à une des meilleures familles de Bourgogne, que son honneur personnel était
sans tache comme celui de sa maison;
c'était tout ce qu'il fallait pour que ses
visites fussent accueillies avec sécurité;
et son esprit, le charme de ses manières
et de sa conversation les rendaient
agréables.

Un jour, Louis d'Alvimar, que maintenant on appelait simplement le baron
Louis, profitant déjà des droits de l'intimité, se promenait seul dans le jardin en attendant le retour de monsieur
de Chavailles.

Mais l'aspect de ce jardin était bien
changé depuis quelque temps. On
voyait que les soins de la jeune maî-

tresse, qui faisaient naguère de ce coin
de sable et de feuillage un lieu de dé-
lices, en étaient retirés. La culture y
régnait toujours, le goût et la grâce
avaient disparu ; on y retrouvait l'empreinte du jardinier, mais non celle de
la jeune fée qui l'animait.

C'est que depuis un mois Isaure ne
s'occupait plus de ces amusements en-
fantins, c'est que depuis ce temps elle
avait passé là, auprès de d'Alvimar,
bien des heures pendant lesquelles les
aptitudes de son cœur et de son esprit
avaient changé de sphère. Elle avait
bientôt connu le nom et la puissance
du sentiment qui l'attachait à ce jeune
seigneur. Toute sa naïve simplicité
avait disparu en un instant ; son esprit

avait franchi d'un bond l'espace devant lequel il s'était longtemps arrêté.

Dans ses jours passés, le soin de ses plates-bandes et de sa volière, l'ornement de sa chambre dont il fallait sans cesse renouveler les mille futilités, le choix des offices de l'église auxquels elle voulait assister, les fréquentes confessions dont elle rapportait toujours une facile et glorieuse absolution, les travaux de broderie, la partie de cartes qu'elle avait tant de plaisir à gagner à son père, étaient tous les intérêts de sa vie. Mais la première lueur de l'amour avait éclairé à ses yeux un autre horizon.

Elle avait étudié sa position, le caractère de son père, la nature de l'en-

gagement qui l'unissait à un autre
homme, pour mesurer les obstacles où
devait venir se briser son bonheur; elle
avait médité les lois, les convenances
sociales, l'importance des titres et de
la fortune, pour juger de la possibilité
d'une union entre elle et celui qu'elle
aimait; et, comme partout elle ne
trouvait que des solutions découragean-
tes ou de tristes pressentiments, le fruit
de la science auquel elle avait goûté,
était empoisonné pour elle, et remplissait son sein de fièvre et de douleur.

Surtout elle avait été initiée à tous
les orages du cœur dans ces longues
matinées qu'elle passait à attendre
l'heure où elle verrait d'Alvimar, dans
ces rêveuses soirées qu'elle passait à se

souvenir de lui. Elle avait dix-sept ans
la veille du jour où elle avait connu
d'Alvimar, elle en avait vingt-cinq le
lendemain.

Voilà pourquoi le pauvre Elysée avait
été abandonné, pourquoi les fleurs des-
séchées par la chaleur se couchaient
sur la terre, et attendaient le premier
rayon de soleil plus ardent pour ache-
ver de mourir.

Il y avait quelques instants que d'Alvimar était assis sous un cintre de char-
milles, lorsqu'il entendit un léger pas
sur le sable. Il se leva vivement et crut
s'élancer au-devant d'Isaure, mais un
habit noir et une figure pâle sortirent
seuls du feuillage : David tendit la main

au baron, qui la serra avec un mélange
de tristesse et de douceur.

D'Alvimar et le jeune Marcillac étaient
loin de se ressembler : le premier avait
une stature élevée et imposante : la
taille du second était mince et frêle,
son maintien modeste ; la beauté de
Louis avait l'éclat qui frappe les yeux :
celle de David, formée seulement des
reflets d'une belle âme, n'existait que
pour ceux qui savaient la comprendre ;
le fluide généreux qui coulait rapidement dans les veines de Louis jetait la
couleur et la vie sur tous ses traits : le
sang du jeune solitaire, épuisé par les
veilles, les soucis, les austérités de l'âme,
avait abandonné son visage.

Cependant il y avait entre eux deux

une certaine homogénéité de traits,
semblable à celle qu'on nomme *air de
famille,* qui faisait supposer une res-
semblance de nature et de caractère,
et la tendance qu'ils avaient d'abord
éprouvée l'un vers l'autre s'était bientôt
changée en un lien intime.

— Ah! que j'avais besoin de vous
voir! tels furent les premiers mots de
David au baron.

— Mon ami, à quoi puis-je vous
servir?

— A rien.

— Qu'à vous aimer?

— Et peut-être à entendre une partie des chagrins qui me dévorent.

— Alors je dois me faire confident.
Bon, me voilà attentif et muet.

— Le jour de mon mariage avec Isaure approche, et je voudrais l'éloigner encore.

— Ah !... vous désirez retarder ce bonheur? dit Louis d'une voix émue.

— J'aime Isaure de la tendresse la plus vive, je l'aimerais par-dessus tout au monde, si je n'avais appris de bonne heure à connaître Dieu et à lui donner la première place dans mon âme. Mais je ne puis épouser encore ma belle fiancée. Si mon union avec elle était consacrée dans ce moment, il me faudrait la quitter au bout de quelques jours de mariage, pour une course dont j'ignore la durée et l'issue.

— La quitter !...

— Et ce serait bien cruel. D'abord,

je ne pourrais lui apprendre le but de
ce voyage, et ce secret jeté entre nous
deux serait une cause de désharmonie
naissante. Ensuite, ajouta David en
portant la main à son front, j'ai besoin
de toutes mes forces pour l'entreprise
où je suis engagé.. Et, je le sens, ce
bonheur nouveau qui se répandrait en
moi, ces caresses d'une femme adorée,
que je sentirais encore sur mon front,
sur mes lèvres !... tout cela briserait
mon courage !

— Vous, David, vous avez conçu un
projet où la vie est engagée ?

— Oui, moi !... moi qui ne porte
jamais une arme sur mon habit, mais
qui ne quitte jamais celle qui est cachée
dessous...

— Que dites-vous ? s'écria Louis, en regardant avec un air de surprise et d'incrédulité son jeune ami, dont les membres délicats semblaient encore affaiblis par l'abattement et la souffrance.

Mais David ne l'entendait plus; il avait le visage enfoncé dans ses deux mains et la poitrine haletante.

Soudain il releva la tête, et dit en lançant dans l'espace un regard où brillait la colère :

— Savez-vous que le détachement des troupes de France qui arrivait par la vallée de Galaure a été attaqué par les contrebandiers ?

— Certainement, je le sais, répondit le baron avec un léger sourire; puis il ajouta d'un air d'indifférence : — Comment ne le saurais-je pas? c'est la nouvelle de toute la ville.

— Attaqué, vaincu et dépouillé, continua David.

— Parmi les coups de main effectués chaque jour par ces hardis contrebandiers, il me semble que le mieux inspiré est d'aller au-devant des soldats envoyés contre eux, et de leur prendre armes et bagages. C'est montrer assez d'esprit dans le brigandage.

— Ah ! ne parlez pas ainsi ! Comment pouvez-vous trouver un sourire dans ce sujet de désolation, dans ces amas d'iniquités et de crimes ?

— Laissons cela... Au nom du ciel, parlez-moi de vous.

— Et qui vous dit que je n'en parle plus ! s'écria David avec une sombre violence.

Louis sembla se demander si l'esprit de son jeune ami était bien lucide.

— Vous ne voyez dans tous ces événements, reprit le fanatique jeune homme, que les perturbations qui doivent régner encore dans une province retardée en civilisation, et privée jusqu'à un certain point d'ordre public et de forces protectrices ; moi, j'y vois un débordement horrible du pouvoir infernal sur la terre, un des efforts que Satan fait de siècle en siècle pour envahir ce monde, placé entre lui et le ciel, d'où le Seigneur l'a chassé. Vous ne voyez que les propriétés détruites ;

moi, je vois les églises, les monastères profanés, renversés, et, devant ces outrages sanglants et hideux, je me dis qu'il faut être l'esprit des ténèbres lui-même pour porter le brigandage jusqu'à l'autel.

— Folles illusions d'une piété fanatique !

—Mais considérez donc que les triomphes de ces maudits sont en dehors de toutes les prévisions humaines. Si l'on envoie contre eux des brigades deux fois plus fortes que leurs troupes, ils battent les brigades ; si l'on veut les saisir dans leur repaire, ils l'ont quitté pour un repaire inconnu ; si on leur oppose des compagnies royales, elles sont vaincues sans coup férir ; si des

prêtres courageux veillent dans des
églises, ils ne voient rien pendant la
nuit, et le lendemain l'église, l'autel
sont dépouillés de leurs ornements, de
leurs saintes reliques ! Malédiction ! s'é-
cria David en frappant la terre du pied.!

— Et vous concluez de là ?

— Que les forces naturelles ne peuvent rien contre eux, que les yeux des
hommes se perdront en vain à suivre
ces bandes ténébreuses, que les armes
des hommes se briseraient contre ces
lames d'enfer...

— Et qu'alors?

— Elles ne seront vaincues que par
un homme inspiré de Dieu, portant
en lui un élan de sa force divine. Voyez
un monument que de forts ouvriers

seraient des jours entiers à détruire :
une étincelle de la foudre y tombe, et
il est renversé. C'est ainsi que l'être le
plus faible, n'ayant de puissance que
la foi, d'arme que le poignard, saura
détruire l'armée entière des réprouvés
en la frappant au cœur, en allant au
milieu d'elle assassiner Mandrin.

— Ah!... dit le baron en passant
négligemment la main sur ses moustaches brunes ; mais cet homme sera sans
doute difficile à trouver.

— Dieu l'a déjà choisi.

— Où est-il ?

— Ici.

— Qui donc ?

— Moi !

— Insensé !

David, exalté par l'enthousiasme,
paraissait grand, sublime en pronon-
çant ce *moi*! sorti du plus profond de
l'âme; mais d'Alvimar, le front écla-
tant d'une noblesse, d'une fierté à laquelle se mêlait en ce moment la pitié
la plus tendre, semblait encore plus
élevé que lui, en répondant de l'accent
le plus doux ce mot *insensé*! et le dominait encore.

— Ah! mon ami, je ne voulais pas
vous dire cela! s'écria David avec l'ef-
fusion de la tendresse; je ne voulais
vous parler que d'Isaure!... Mais il est
des moments où l'âme est si pleine qu'il
faut qu'elle déborde, sous peine d'en
mourir.

— Vous me parlez sous le sceau de

l'amitié ; il est sacré comme celui de la
confession.

— A d'autres, je ne dis que ma confiance en Dieu, ma résolution ferme ;
à vous, je peux confier mes souffrances.

— Je les comprends, car vous êtes
né bon, vertueux, et cet acte de sang
que vous méditez doit vous causer un
sinistre effroi.

— D'abord l'instinct d'humanité
s'est révolté contre lui. J'avais des heures de lâches découragements, des heures de doutes cruels. En vain j'avais
appris par la haine qui bouillonnait
dans mon sein au seul nom de Mandrin, comme par les voix célestes que
j'entendais dans mes prières que j'étais
destiné à délivrer la terre de cet en-

nemi de Dieu et des hommes, je balan-
çais encore. Dans mes nuits sans sommeil je demandais au Christ, qui met
l'amour dans les âmes, je demandais
aux étoiles qui les éclairent, si la pensée de vengeance peut être vertu, si le
meurtre peut être action sainte, et il
me semblait qu'ils refusaient de m'entendre. Mais enfin, j'ai confié mes des-
seins au confesseur qui me dirige depuis mon enfance, à mon père lui-
même, et leur aveu tacite a triomphé
de mes faiblesses !

— Ah ! ce sont eux qui vous encou-
ragent à un lâche assassinat, dans lequel
vous risquerez mille fois votre vie !

— Ils m'ont laissé croire que Dieu
l'attendait de moi.

— Le bon prêtre ! le bon père ! les bons chrétiens !

— Et puis, je suis allé cent fois dans cette église de Notre-Dame où doit se consacrer mon mariage ; j'ai vu la place vide des antiques symboles enlevés par les profanateurs, et j'ai juré de ne pas épouser Isaure avant que ce temple saint fût vengé... et j'adore Isaure ! je veux l'épouser !

— Mais la haine que vous portez au chef des contrebandiers est donc bien grande, puisque c'est lui seul que vous songez à frapper ?

— D'abord c'est de Mandrin seul, de cet homme mystérieux et terrible que ces brigands tirent toutes leurs forces ; il exerce sur eux un pouvoir sur-

naturel, il leur donne à tous une étincelle de son âme de feu; et lui mort,
son armée sera facilement détruite.
Ensuite vous avez raison, je hais ce
monstre de toute la haine que les anges
de Dieu ont pour les maudits.

— Ainsi, vous êtes bien décidé à
l'assassiner?

— Je l'ai juré. Il y a deux mois encore, j'étais paisible dans ma résolution,
je me reposais dans la foi et le courage.
Il ne s'agissait que du sacrifice de ma
vie; j'allais mourir ou revenir aux pieds
d'Isaure plus digne d'elle par le succès
que j'aurais remporté; j'avais triomphé
de toutes mes incertitudes, j'étais rési-
gné... oh! bien plus, j'étais heureux!...
Mais, il y a quelque temps, une cir-

constance secrète est venue jeter un
trouble cruel, une amertume affreuse
sur la mission qui m'est donnée. Mandrin...

— Eh bien !

— Mandrin m'a sauvé la vie.

— Lui !..... qu'entends-je ?..... Et
d'Alvimar regarda le jeune homme
avec la plus extrême surprise.

— Oui. C'était la nuit où notre ville
avait été prise d'assaut par les contrebandiers. J'errais dans une grande
cour située derrière le bâtiment de la
ferme générale, et dans la plus profonde obscurité. J'aperçus soudain près
de moi un des brigands qui rôdait dans
cette ombre : je lui assénai un coup
furieux de mon épée, qui alla se briser

contre son sein sans le blesser, et lui
me tint un instant à genoux... oui,
mon Dieu, à genoux devant lui !...
mais, tout-à-coup, au lieu de me frapper de son arme, il me la jeta, et m'en
fit don avec une générosité ironique
plus cruelle que mille coups de cette
lame, puis il s'éloigna, et sur l'acier
étincelant je lus le nom de Mandrin...

— Quoi ! c'était...

— Que dites-vous?...

— Rien... j'ai entendu parler de
cette action bizarre...

— Personne ne l'a connue. Ce poignard, le voici; c'est lui qui ne me
quitte jamais.

David tira de dessous son habit un
poignard dont le manche d'ivoire était

enrichi de pierreries, et dont la lame damasquinée jetait un feu extraordinaire.

Le baron prit ce poignard, le regarda avec un certain saisissement, et l'arme demeura un instant dans sa main, où elle semblait briller encore d'un plus vif éclat.

— Maintenant, continua David, concevez-vous l'horreur de ma situation! Ce n'est plus seulement d'un meurtre qu'il faut se souiller, c'est de lâcheté, d'ingratitude!... car enfin cet homme, tout odieux qu'il soit, m'a fait grâce; mes jours étaient entre ses mains, il me les a laissés... ce n'est plus la vie qu'il faut perdre, c'est l'honneur!

Et le jeune homme frappa son front
plus pâle que la mort.

— David, dit d'Alvimar en lui prenant la main, vous n'en aurez pas le
courage.

— Je l'ai juré, dit l'élève du dominicain, le fils du fermier-général, et tout
le fanatisme dont on avait rempli son
âme monta sur son visage. Dieu, après
tout, ne peut-il pas demander à ses
créatures le sacrifice qu'il lui plaît?
Donner son sang pour sa foi, combien
l'ont fait avant moi! Mais donner la
partie la plus pure de notre être, l'honneur qui vous élève au-dessus de la
brute immonde, accepter une vie flé-
trie, n'est-ce pas là le plus difficile des

martyrs, et dois-je me plaindre que
Dieu me l'ait imposé?

— Mort et damnation à ceux qui
vous ont bourrelé la tête de semblables
folies!

David n'entendit pas cette apostro-
phe; il était absorbé dans ses pensées.

— Ce poignard même que le brigand m'a laissé, continua-t-il en repre-
nant l'arme et la faisant tourner dans
sa main, rend les décrets de la Providence plus visibles, puisqu'il ne pouvait
être tué qu'avec une lame fondue pour
lui-même et plus forte que les nôtres.

— C'est encore le père Dominique
qui vous a dit cela.

— Paix! paix! d'Alvimar, n'insul-
tez pas au fils de l'église.

— Mais au moins, réfléchissez; attendez encore.

— Je n'attendrai qu'une circonstance favorable... Dans quelques jours dans un mois au plus, la volonté du ciel sera faite.

— Vous comptez sur votre courage, c'est bien; mais votre courage vous servira-t-il ?

Et d'Alvimar regardait le faible jeune homme avec une compassion un peu dédaigneuse.

— Mon corps servira mon âme comme s'il avait dix pieds de haut et des membres d'Hercule; ce poignard me servira comme tout une armure. Les fils du Seigneur, malgré leur visage pâle et creusé, sont une race

forte, je vous le dis, et savent donner un coup de couteau comme un
coup d'encensoir; les temps l'ont bien
prouvé : car la force ne vient pas
de la matière, mais de l'inspiration
divine.

David, en secouant fièrement la
tête, rejeta en arrière ses longs cheveux noirs et découvrit son visage que
le soleil vint illuminer.

— Mais enfin, dit le baron, comment ferez-vous pour atteindre celui
que vous cherchez?

Le jeune Marillac tira de la poche
de son habit un papier roulé.

— Voici, dit-il, un plan grossière-
ment dessiné, mais très-détaillé, de la
côte Saint-André, où les contreban-

diers ont établi leur camp ; les sentiers
escarpés ou souterrains qui conduisent
à ces terres jusque-là inaccessibles y
sont exactement tracés.

— D'où vient cette carte ? dit vivement d'Alvimar en faisant un mouvement pour la prendre.

— Je ne sais.

— Qui l'a faite, qui l'a donnée ?

— Un messager secret, ne voulant,
a-t-il dit, se faire connaître que quand
le temps en serait venu, l'a remis à
mon père, qui, sans communiquer cet
avis important aux autorités de la ville,
l'a conservé pour moi.

— Ainsi, reprit le baron, personne
ne connaît encore la route de cette retraite sauvage ?

— Personne ; cette carte est à moi
seul.

— Et votre père, au lieu d'envoyer
contre de redoutables ennemis des soldats armés en guerre, aime mieux
pousser son fils à une entreprise insen-
sée, le jeter à une mort presque certaine, lui montrer lui-même du doigt
la route qu'il faut prendre, et sans
doute marquer aussi le jour du sanglant sacrifice !... Il y a là-dessous une
nécessité terrible, ou une cruauté abo-
minable.

— Mon père sait que toute arme
humaine se brise contre une puissance
surnaturelle, que toute nouvelle entreprise serait un affront de plus pour
l'honneur public ; il sait qu'un élu

seul peut dompter le fléau qui nous
assiége, et il veut m'en réserver la
gloire !

— Et il vous a dit : Pars, va mourir !...... Mais de quelle langue, grand
Dieu ! un père a-t-il donc pu se servir
pour dire cela ? Il n'a point trouvé
d'expression dans le langage humain
de nos jours; il a emprunté ses mots
dans les versets obscurs et troubles
d'une langue morte qui dicte encore le
crime.

— Oh ! silence ! vous blasphé-
mez !

— Malheureux enfant !... Mais seul,
presque désarmé, perdu sur un sol désert, que ferez-vous ?

— Ce qu'il faudra pour arriver au

but. L'ennemi habite une terre sauvage et glacée parmi les bois noirs, les nids d'aigles, les antres des loups, les rochers des serpents ; je passerai dans les cavités souterraines ou sur les pics que rasent les oiseaux, je me glisserai dans les ravins avec les loups, sous les feuilles mortes avec les serpents, j'arriverai en silence jusqu'à l'ennemi, et je le frapperai au cœur...

— Et vous lui direz, en le frappant : « L'arme que tu m'as donnée, parce que tu m'as cru noble et courageux, je m'en sers pour le meurtre ; la vie que tu m'as généreusement laissée, j'en use pour t'assassiner ! Vous le regarderez étendu devant vous, égorgé sans défense ! Ensuite ?...

— Ensuite...... Oh! si j'ai trop de honte de moi, si ce meurtre m'accable, si ce cadavre sanglant me jette des remords trop affreux, je m'ensevelirai sous la terre teinte de son sang...

Et David, abattu, brisé de ses angoisses, de ses combats, jeta sa tête sur l'épaule de Louis, qui passa un bras autour de lui et le pressa sur son sein.

Qui aurait pu les bien connaître tous deux, voir leur destinée à nu comme Dieu seul la voyait, aurait trouvé ce tableau aussi étrange que saisissant.

Pendant que ceci se passait dans une partie du jardin, Isaure, en arrivant dans une allée opposée, avait rencontré son bon et indulgent confesseur, le père Gaspard, et s'entretenait avec lui en se promenant à pas lents sous l'ombrage des tilleuls.

Le père Gaspard était le seul être au monde qui connût le secret de la jeune fille et ses peines. Comme depuis l'enfance il lisait dans son âme, et n'y voyait que de saintes pensées, il était plein de miséricorde pour cette seule faute qui était venue en troubler la pureté. Il plaignait de tout son cœur la douce pénitente, et cherchait avec elle les moyens de concilier un amour passionné avec l'obéissance qu'elle devait à son père.

Comme ses pieuses exhortations calmaient les souffrances d'Isaure, le bon

prêtre les continuait souvent en dehors
du confessionnal, et c'était de ce sujet
délicat qu'ils s'occupaient tous deux en
ce moment. Ils étaient seuls, le feuillage leur cachait les deux personnes
qui s'entretenaient de l'autre côté du
jardin, de même que celles-ci ne pouvaient les voir. Seulement, pour sortir
de la charmille dans laquelle étaient
David et le baron Louis, on suivait un
sentier circulaire qui passait près de
l'allée des tilleuls pour s'en éloigner
aussitôt.

— Eh bien! toujours des soupirs et
des larmes, chère fille du ciel, disait le
bon directeur. Je vous avais pourtant
ordonné, à votre dernière confession,
d'être plus tranquille.

— Ah ! mon père !

— Expressément ordonné de vous consoler.

— Hélas ! je ne puis me guérir ni de l'amour coupable qui remplit mon cœur, ni du regret de tromper mon père en abandonnant ainsi l'époux qu'il avait choisi pour moi.

— Que voulez-vous, mon enfant, le cœur n'obéit pas à la volonté, comme le moine à la cloche des matines : si on l'appelle dans un lieu, il s'en va aussitôt dans un autre.

— Ah ! si je vous avais avoué plus tôt cette dangereuse passion, vous m'auriez conseillée, protégée !..... mais je l'ignorais moi-même, et je ne l'ai con-

nue que lorsqu'il n'était plus temps
d'en triompher.

— Et maintenant, c'est fini ; vous
l'aimez, ce jeune seigneur ?

— Oh ! mon père, si vous sa-
viez !...

— Je sais bien, je sais bien ; le couvent n'est pas si loin de la terre qu'on
ne connaisse un peu ce qui s'y passe,
et d'ailleurs on n'est pas venu au
monde avec l'habit de père capucin... On a eu sa jeunesse comme un
autre.

— Un grand malheur est tombé sur
moi, mon père !

— Sans doute ; mais voyons, quand
vous pleureriez du soir au matin, cela
n'empêcherait pas qu'un beau soir de

ce printemps vous n'ayez été attardée sur une route obscure, que votre mule ne soit emportée, qu'un beau cavalier ne se se soit trouvé là pour vous sauver, et que ce cavalier n'ait été précisément l'homme qu'il fallait pour vous plaire.

— C'est donc un mal irréparable?

— Peut-être. Si on peut rompre votre premier engagement, il ne sera sans doute pas impossible d'en former un second. Le baron d'Alvimar n'est pas plus difficile à épouser qu'un autre. Vous vous aimez, vous êtes riches et nobles tous deux; il est très-beau garçon, à ce qu'on dit; vous, vous êtes belle comme l'étoile du ciel, comme la

perle des mers; vous avez de plus la
beauté suprême des femmes , c'est-à-
dire la bonté; vous êtes charitable et
miséricordieuse, vous employez l'argent de la parure à acheter du pain
aux malheureux , vous donneriez vos
pantoufles de satin blanc à la pauvre
fille qui marcherait pieds nus dans les
épines, et votre mantille à la vieille
mendiante qui aurait froid.

— Mon père, mon père'...

— C'est vrai, je m'oublie..... Je
disais donc que, puisque vous feriez le
bonheur du baron d'Alvimar, comme
lui le vôtre, on pourrait fondre les deux
en un seul.

— Ah! vous flattez ma folle chi-
mère.

— Laissez-moi faire, colombe sans tache, douce fleur du matin, j'y songerai.

D'Alvimar et le jeune Marillac, en sortant du cabinet de verdure dans lequel ils s'étaient entretenus, suivaient en ce moment le sentier découvert qui venait passer près de l'allée de tilleuls. On les voyait très-bien sous les rayons du soleil, mais eux ne pouvaient distinguer les personnes qui se trouvaient dans l'ombre de l'allée entièrement close de feuillage.

— Tenez, mon père, le voici qui rentre avec David, dit Isaure d'une voix tremblante et en indiquant du doigt le baron Louis à son confesseur.

Le père Gaspard, à travers la verdure, jeta un coup-d'œil sur le baron
d'Alvimar; puis il ouvrit de grands
yeux, et sa bouche ébahie laissa échapper ces mots :

— Diable !.... diable !... diable !....

A chacune de ces exclamations, il se
retirait d'un pas, et à la troisième, il
se trouva appuyé contre le tronc d'un
arbre, de l'autre côté de l'allée, pâle
et le visage bouleversé par la plus profonde stupeur.

Les deux jeunes gens s'étaient éloi-
gnés, et Isaure restait depuis longtemps
immobile et interdite, que le moine
n'avait pas encore pu reprendre la parole.

— Eh bien, mon père? dit la jeune
fille.

— Eh bien, mon enfant, dit enfin
le père Gaspard, en balbutiant, il faut
renoncer à jamais à cette passion insen-
sée, prier Dieu et les anges d'en délivrer votre cœur... sous peine du plus
affreux danger... de la damnation éternelle... Ah! je me trouve mal rien que
de penser à... à cette désobéissance que
vous pourriez nourrir contre votre
père.

— Grand Dieu!

— Mais vous n'avez donc pas pensé
que la révolte contre les parents est le
plus grand péché dont un enfant puisse
se rendre coupable! que jamais une
fille n'a transigé avec les ordres de son

père, sans que la rebellion la portât
sur des ailes de feu jusqu'au fond des
enfers....

— Les fautes du cœur sont pardon-
nées, par Dieu, avant l'heure de son
jugement.

— Ah ! vous croyez une faute légère
et pardonnable d'oublier l'époux que
votre père avait choisi parmi les fils du
Seigneur, pour un... pour un étranger
qui n'a pour mérite que ces dons funestes de la beauté et des séductions,
que Dieu nous envoie dans sa colère !

— Vous disiez qu'on ne peut commander à ses penchants...

— Moi, j'ai dit cela, juste ciel !.....
Mais je ne serai donc jamais qu'un lâche
cœur, qu'un imbécile ami qui ne sait

qu'aimer et consoler ! Je n'aurai donc
jamais sur les lèvres les paroles d'une
sainte colère ! Moi, j'ai encouragé un
criminel amour !... Mais, sachez bien,
ma fille, que le vent de la tempête est
mille fois moins dangereux pour les
fleurs que l'amour pour les faibles femmes ; que le feu des voluptés brûle leur
âme jusqu'à n'y plus laisser la moindre
empreinte de Dieu.

— Oh ! mon père, que vous êtes
cruel, dit Isaure en regardant son confesseur avec des larmes qui lui servaient
de reproche.

— Oui, je serai cruel, impitoyable,
je vous ferai pleurer s'il le faut pour
vous arracher à cet infernal séducteur.

—Vous promettiez tout-à-l'heure de me réunir à lui.

— Que le diable m'emporte pour avoir montré de pareilles faiblesses, quand je ne devais songer qu'à mon devoir !... Heureusement la lumière de l'esprit m'est venue à temps, et je puis encore employer mon pouvoir sur vous à vous sauver. Il faut me jurer d'oublier ce... ce baron d'Alvimar.

— C'est impossible. Si je ne puis, comme vous le disiez, effacer de ma vie le moment où je l'ai connu, je ne puis pas davantage en effacer le souvenir, et ce souvenir est l'amour.

— C'est vrai. Mais au moins vous pouvez me jurer de ne plus le voir, cela dépend de votre volonté : vous pouvez commander à vos pas de ne pas sortir de votre chambre quand cet étranger est à l'hôtel, à vos yeux de ne pas se tourner sur la terrasse où il passe.

— O mon Dieu! que me demandez-vous?

— Je ne vous demande pas ce sacrifice, ma fille, je vous l'ordonne au nom de l'autorité sacrée que j'ai sur vous, au nom de votre mère, dont l'esprit saint est près de nous et nous dicte la même loi.

— Aurai-je la force d'obéir?

— Il le faut, croyez-moi... il le faut sous peine de la damnation éternelle.

Isaure était une sincère chrétienne, croyant aux dogmes de l'Église et à ses

lois comme au soleil qu'elle voyait, à
la terre qu'elle touchait ; les paroles du
moine, en proie à une vive émotion,
avaient un accent de vérité irrésistible :
elle ne pouvait donc douter que le salut de son âme ne fût engagé au serment qu'on exigeait d'elle, et devait
infailliblement céder à l'impulsion de
la foi et de la terreur.

Le père Gaspard prit entre ses mains
rudes la main délicate d'Isaure, et l'é-
levant vers le ciel en signe de consécra-
tion, dicta un serment solennel que les
lèvres de la jeune fille répétèrent en
tremblant. La figure blanche et aérienne
d'Isaure se détachait près de la robe
brune du moine, sous la longue voûte
de feuillage ; on eût dit, à la tristesse de

son aspect, qu'elle prononçait déjà des
vœux éternels dans l'ombre épaisse d'un
cloître.

Mais plus la résolution d'Isaure devait être stable, étant établie sur des
bases sacrées, plus le caprice du sort
allait se hâter de la renverser.

FIN DU PREMIER VOLUME.

COULOMMIERS, — IMPRIMERIE DE A, MOUSSIN,

www.ingramcontent.com/pod-product-compliance
Lightning Source LLC
Chambersburg PA
CBHW052003020726
47501CB00004B/979